外国文学名著名译
化境文库

冰岛渔夫

Pêcheur d'Islande

[法] 皮埃尔·洛蒂 著

桂裕芳 译

天津出版传媒集团

天津人民出版社

目　录

第一篇

1

他们是五个人，肩宽膀圆，两肘枕在桌子上喝酒，小舱很暗，散发出盐卤和海水的气味。对他们高大的身躯来说，这地方显得低矮，而且一端呈尖形，像是被掏空的大海鸥的肚子。小舱微微晃动，像在睡梦中一样慢慢地发出单调的呻吟。

外面多半是大海和黑夜吧，他们也不清楚。天花板上只有一个出口，它被木盖盖住。一盏破旧的挂灯在摇晃，灯光照着他们。

炉子里有火，他们的湿衣被火烤着发出水汽，和他们的陶土烟斗冒出的烟交混在一起。

那张笨重的桌子把地方都占满了，桌子的形状与舱室完全一致，周围只留下一条隙缝，好让他们溜过去坐在固定在橡木墙上的窄箱子上。他们头上是大梁，梁木几乎碰到他们的脑袋。他们身后是铺位，这些仿佛在厚厚的木头上凿出来的铺位像死人墓穴的壁龛一样张着嘴。所有这些板壁都粗糙而陈旧，浸满了湿气和盐，由于手的摩擦而被磨损了，变得十分光滑。

他们用碗喝过了葡萄酒和苹果酒，诚实的脸上此刻闪烁着生命的欢乐。他们仍然待在桌边，用布列塔尼话闲聊女人和婚姻的事。在小舱尽头的板壁上供奉着一尊陶制的圣母像，一块固定的小木板托着它。这是海员们的保护神，它的做工还很原始，稍稍显得陈旧。然而陶制人物比真人活得更长，它那红蓝两色的长裙在这间暗灰色的简陋木屋中仍然显得十分鲜艳。圣母像肯定不止一次地听过焦虑时刻的热切祈祷，它脚下还钉上了两束假花和一串念珠。

这五个人的穿着一模一样，厚厚的蓝毛衣裹着上身，毛衣下端塞进长裤的腰带里，头上戴着油布雨帽，它叫"苏罗伊"（这是给我们半球带来雨云的西南风）。

他们的年龄不一样。船长可能有四十岁，其他三人在二十岁到三十岁之间。最后一个被他们叫作西尔韦斯特或吕尔吕的人只有十七岁，但在身材和力气上都已是大人了。他两颊上蓄着纤细而卷曲的黑胡子，只有蓝灰色的眼睛稚气未减，眼神十分温柔、天真。

地方太窄，他们在阴暗的舱室里相互挨着，似乎感到一种真正的惬意。

……外面肯定是海和夜，无尽忧伤的海水和深沉的黑夜。挂在墙上的铜钟指向十一时，当然是晚上十一时。木头天花板上传来了雨点的声音。

他们快活地议论婚姻，但没有说什么不体面的话。不，他们谈的是未婚男人的打算或者当地某些婚礼庆典中发生的滑稽事。有时他们大笑起来，直率地影射爱情的欢悦。但是，对他们这种性格的人来说，爱情始终是神圣的，它即使在粗俗中也几乎贞洁如故。

此刻，西尔韦斯特感到烦闷，因为那个名叫让（布列塔尼人称杨恩）的人没有来。

的确，这个杨恩去哪里了？还在上面工作？他为什么不来参加大家的聚会呢？

"可马上就到午夜了。"船长说。

他站起身，用脑袋将木盖顶开，以便呼叫杨恩。于是从上面射下了奇怪的微光。

"杨恩！杨恩！……喂！伙计！"

"伙计"在外面粗声粗气地应了一声。

微弱的光线从打开片刻的盖口射下来，光线很淡，像是白日的光。"马上就到午夜了……"但这的确像太阳的光线，像是被神秘的镜子从很遥远的地方反射过来的夕阳光。

洞口关上了，黑暗再次袭来。小灯射出昏黄的光。"伙计"穿着大木鞋从木梯上走下来。

这是位彪形大汉，他进来时不得不弓着腰。盐卤的酸味使他一进来就捏捏鼻尖扮了一个鬼脸。

他的身材大大超过通常人的尺寸。特别是两肩像杠杆一样平直。他面对你时，肩上的肌肉在蓝毛衣下鼓了出来，在手臂顶端形成两个球体。一双棕色的大眼，眼神十分灵活，显得粗犷和高傲。

西尔韦斯特双手抱住这位杨恩，像孩子一样温情地将他拉到身边。他和杨恩的妹妹订了婚，所以把杨恩当作哥哥。杨恩像喜欢受到爱抚的狮子一样任他亲抚，同时亲切地微笑，露出一口洁白的牙齿。

和别人相比，他嘴里的空间很大，因此牙齿长得稀疏，而且似乎很小。淡黄色的髭须虽然从未剪过，但相当短。它是卷曲的，在线条精细的美丽嘴唇上方形成两个对称的浓密小鬏，鬏尖在凹下的两个嘴角旁边变得蓬松。其他地方的胡子刮得干干净净，深色的脸颊上还有一层清新的绒毛，很像未被人碰过的水果的绒毛。

杨恩坐了下来，他们又倒满酒，并唤来小水手，替他们装烟斗和点烟。

对小水手来说，点烟也就是抽两口烟。这个小男孩长着圆圆的脸，身体很结实。他和这些海员们都沾着亲，海员们相互之间也多少沾着亲。小水手的工作繁重，但他在船上受到溺爱。杨恩把自己杯里的酒给他喝，接着便打发他上床睡觉。

他们又谈起婚姻那个大话题。

"说到你，杨恩，"西尔韦斯特问道，"我们什么时候给你办喜事？"

"你不害臊吗，"船长说，"你这样的大个子，二十七岁还没有结婚，姑娘们看见你会怎么想呢？"

杨恩用对女人不屑一顾的神气耸耸令人害怕的双肩：

"我的喜事嘛，有时按夜晚办，有时按钟点办，那得看了。"

他刚为国家服役了五年。他当过舰队的炮兵，在那里学会了讲法语和发表怀疑派言论。于是他讲起了最后那次喜事，它似乎只维持了两星期。

那是在南特，对方是位歌女。一天晚上，他出海回来，带着几分醉意走进一家剧院。剧院门口有一个女贩在卖大束大束的鲜花，二十法郎的金币便可买一束。杨恩买了一束，但不知如何处置，因此进剧院时便使劲将花束朝舞台上唱歌的女人扔过去，正打在她脸上——这种做法一半是粗鲁的求爱，一半是讽刺，因为他觉得这个浓妆艳抹的玩偶太妖娆。那女人立刻倒下了，后来她迷恋了他近三个星期。

"我走的时候，"他说，"她甚至送给我这块金表。"

他拿出来给他们看，将金表扔在桌子上，仿佛是蹩脚的小玩意。

他讲这件事时，语言粗鲁，夹带着他独特的情景描述。然而这种平庸的文明生活在这些原始人中间显得极不协调，与他们感觉到的周围寂静深沉的大海，与他们隐约瞥见的头顶上的微光极不协调，这微光使他们意识到北极的夏天正在消逝。

杨恩的态度使西尔韦斯特既难过又吃惊。他是童男，在婚姻等圣事上十分慎重，这是老祖母从小教育他的。她是普卢巴兹拉内克村一位渔夫的寡妇。西尔韦斯特从小就每天和祖母去到母亲墓前跪拜诵经。墓园建在悬崖上，从那里可以远远看见水色发灰的英法海峡，他父亲就是在那里的一场海难中丧命的。祖孙两人很穷，于是他很小就出海打渔，在大海上度过了童年。现在他每晚还做祈祷，眼神里还保留着宗教的赤诚。他长相英俊，就容貌而言，在这条船上仅次于杨恩。他嗓音温柔，声调充满稚气，这与他的高大身材和黑胡子不太相配。他发育得太快，所以对自己突然间变得又高又大感到几分拘束。他打算尽快与杨恩的妹妹结婚，所以，对追求他的姑娘们，他一概置之不理。

在船上，一共只有三个铺位——两人共用一个。所以他们在夜里轮流睡觉。

时间已过午夜，他们结束了聚会——为庆祝他们的保护神圣母的升天节。三个人溜到像坟墓一样幽黑的小壁龛里躺下睡觉，另外三个人回到甲板上接着干钓鱼的活儿。他们是杨恩、西尔韦斯特和一位名叫纪尧姆的老乡。

外面有光，永恒的光。但光线很淡，难以确定。它像日落后的反光一样附在物体上。他们四周是没有颜色的巨大空虚。船舷以外的一切都似乎是半透明的、无法触知的虚幻。

目光很难识辨大海。它先像一个不用反映任何形象的、颤抖的镜子，随后延伸开去，形成浩瀚一片水汽，再往后就看不见了，既无边界又无轮廓。

空气中潮湿的凉气严峻而刺骨，胜过真正的寒冷。人们呼吸时闻到强烈的盐味。一切平静，雨已停了。在上面，无定形无颜色的云层里似乎藏着这种无法解释的潜在的光。人们意识到这是黑夜，但仍然能看清，物体显得浅淡苍白，说不出是什么颜色。

甲板上的三个人从童年时起就生活在寒冷的海洋上，生活在像幻觉一样朦胧不清的幻景中。他们习惯于看见这无止境的一切在窄狭的木船周围不断变化，而且像大海鸟一样，眼睛也习以为常了。

船在原地慢慢摇晃，不断发出单调的叹息，令人想起睡梦中哼出的布列塔尼歌曲。杨恩和西尔韦斯特很快准备好了鱼钩和鱼线。另一个人打开一桶盐，在他们身后坐下等待，一面磨那把大刀。

　　时间不长。他们刚把鱼线抛进平静而寒冷的水中就马上拉起来，鱼钩上挂着闪着铁灰色的大鱼。

　　一而再，再而三，活泼的鳕鱼被钓了上来。捕鱼在寂静中进行，迅速而无间断。另一个人用大刀开膛，将鱼拍扁，洒上盐，计算数目，于是新鲜的咸鱼流着汤，在他们身后堆了起来，等他们上岸时，这可是他们的财富。

　　单调的时间一小时一小时地过去。在船外广袤而空旷的水域里，光线在慢慢地变化，此刻显得更真实。原先的灰白暮色，极北地区的夏日黄昏，越过黑夜，仿佛成了曙光，反射在海里所有镜子中那一道道朦胧的粉红光纹上……

　　"你真该结婚了，杨恩。"西尔韦斯特突然说。他盯着水面，这次表情很严肃。（他好像知道布列塔尼的某位姑娘爱上了这位棕色眼睛的大哥哥，但他不好意思碰这个严肃的话题。）

　　"我！……当然，有一天我会办喜事的。"杨恩微笑地说，活泼地转动眼珠，总是一副倨傲的神气，"但是决不娶本地的姑娘，不，我要娶大海，要请你们大家，请这里所有的人来参加我的舞会……"

　　他们继续钓鱼，没有时间来闲聊。这是鱼汛期，两天以来庞大的鱼群不断地从这里游过。

　　头天晚上他们通宵没有睡觉，在三十个小时里捕了上千条肥大的鳕鱼。他们感到手臂酸痛，昏昏欲睡，只有身体仍然醒着，继续做机械的钓鱼动作，而精神则时不时地在睡眠中飘浮。但是他们呼吸的海上空气像创世之初一样洁净、充满活力，因此，虽然疲乏，他们仍觉得心情开朗、毫无倦容。

　　清晨的光，真正的光终于出现了，像混沌初开一样，光明与黑暗分隔开来。黑暗似乎在天边堆积起来，大片大片地，沉甸甸地挂在那里。现在一切都看得很清楚，令人感到这才真正走出了黑夜，而先前的微光像梦幻一样朦胧和奇异。

　　厚厚的云层布满天空，这里那里露出隙缝，很像是圆顶的洞口，粗大的光柱从上面射下，闪着浅红色的银光。

　　低层的云像一条黑黝黝的带子环绕整个大海，远处显得模糊和阴暗，空间似乎是封闭的，那里是极限。云像是幕布，遮住了无限，又像是帷幔，遮盖了会令人想象不到的巨大奥秘。这天早上，杨恩和西尔韦斯特在这条木板小船上，周围不断变化的世界仿佛在深深地冥想沉思，像是圣殿，从殿堂圆顶射进一束束的光，它在延长，在静止的水面上形成反光，和教堂前大理石广场上的反光一样。接着，在很远的地方又亮起了另一个奇景：粉红色的、犬牙交错的、高耸的海岸，那是阴暗的冰岛的一个岬角……

　　杨恩和大海结婚！……西尔韦斯特不敢再说什么，一边钓鱼，一边在想这件事。哥哥对婚姻大事的冷嘲热讽使他难过，更使他害怕，因为他很迷信。

　　很久以来他就在想杨恩的婚事，梦想杨恩能娶歌特·梅维尔——潘波尔的一位金发姑娘，希望自己有福气参加他们的婚礼，因为他就要去服役，去流放五年，归期未卜。这个无法避免的日子越来越近，他的心情开始变得沉重……

　　清晨四点钟，在下面睡觉的三个人上来换班。他们还没有完全睡醒，一面往上走，一面穿上长靴，深深地吸几口清新而寒冷的空气。淡淡的反光使他们目眩，所以他们闭上眼睛。

于是杨恩和西尔韦斯特迅速吃早饭。他们用木槌将硬饼干敲碎，然后嘎扎嘎扎地嚼了起来，一面大笑，因为饼干实在太硬。马上就能下去睡觉，在床上暖暖和和地睡上一觉，他们又变得高兴了，相互搂着腰，哼着一支老曲子摇摇摆摆地走到下甲板的舱口。

在钻洞以前，他们停下来逗船上那只狗。它被叫作"土耳其人"，是只纽芬兰犬，年岁很小，爪子很大，但笨拙和幼稚。他们伸手逗弄小狗，小狗像狼一样轻轻咬他们，最后把他们弄疼了，于是杨恩那多变的眼神里闪过一丝怒气，使劲踢了一脚，小狗被踢倒在地上直叫。

杨恩是个好心肠的人，但天性有几分粗鲁。如果仅仅就姿势举止而言，那么在他身上，温柔的抚摸往往和突如其来的粗暴相去不远。

2

他们的船叫玛利亚号，船长是盖尔默。玛利亚号每年都去寒冷的水域进行危险的大规模捕鱼，那里的夏天没有黑夜。

玛利亚号和保佑它的陶制圣母像一样古老。用橡木撑起的厚木舷板已被磨损，凹凸不平，浸满了湿气和盐水，但依旧健康而结实，散发出令人激奋的柏油气味。这条船肋骨粗大，停住不动时显得笨重，然而，一旦刮起猛烈的西风，它便像被风惊醒的海鸥一样强健而轻盈，以它特有的方式爬上浪峰，轻快地跳跃，这是采用现代精细技术的许多新船望尘莫及的。

至于这六个男人和小水手，他们是冰岛人（一种勇敢的航海族，散居于潘波尔和特雷吉耶，世代以捕鱼为生）。

他们几乎从未见过法兰西的夏天。

每年冬末，他们和其他渔夫一同去潘波尔港参加出海祝福仪式。为了这个节日，码头上搭起一座临时祭坛，总是那同一座。祭坛模仿崖洞的形状，里面摆上船锚、船桨、渔网，在这些战利品中央供奉着保佑海员的圣母，它是专门被人从教堂抬来的。它面色温柔沉静，用那双没有生命的眼睛始终注视着一代又一代人，注视着即将获得丰收的幸运儿和其他人——那些一去不复返的人。

游行的行列在圣体的导引下缓缓走着，妻子、母亲、未婚妻、姐妹们在港口走了一圈。港口里所有的冰岛船早就挂上了彩旗，当人们经过时用旗子向他们致敬。神父来到每条船前停住，用话语和手势为它祝福。

然后，全部渔船离港，像舰队一样，几乎带走了所有的丈夫、情人和儿子。船逐渐远去，船员们用响亮的声音一齐高唱圣玛利亚大海之星的圣歌。

每年都是同样的出海仪式，同样的告别。

接着便又开始海上的孤寂生活，他们三四个粗壮小伙子乘着漂浮的木板，在最北面浩瀚和寒冷的水面上捕鱼。

至今为止，他们都平安归来——大海之星的圣母保佑了这艘以她的名字命名的船。

八月底是返航期。玛利亚号按照许多冰岛人的习惯，只在潘波尔靠一靠岸，便南下去加斯科涅海湾，那里的鱼能卖好价钱，接着便去产盐的沙岛上买盐，为来年作准备。

船员们在这些仍然充满阳光的南方港口里逗留几天，他们身强力壮，渴望欢乐。夏天的这个片断，这种温暖的空气使他们迷醉——还有陆地和女人。

在这以后，当秋雾升起时，他们回家，回到潘波尔或散布在戈埃洛地区的茅屋里，在一段时间里为家庭、爱情、婚姻、生育操劳。他们每次归来，几乎总能看见新生婴儿，这是在头年冬天受孕的，而且总是等着教父来举行洗礼——这些不断被冰岛吞食的渔夫家族需要许多孩子。

3

这年六月份，一个星期天的傍晚，在潘波尔，有两个女人正聚精会神地写一封信。

她们坐在一扇开着的大窗前。古老的大花岗石窗沿上摆着一盆盆的花。

她们俯身在桌子上，两人看上去都很年轻，其中一人戴着旧式的硕大女帽，另一个人的帽子很小，是潘波尔女人常戴的那种新式女帽。你会以为这是两个情人，正一同给某位英俊的冰岛人写情书哩。

口授的那个女人——戴大帽子的——抬头想词。噫！她很老，很老了，虽然她裹着棕色小披巾的背影显得很年轻。她真是很老，至少是七十岁的老奶奶，但还很漂亮，气色很好，两颊发红，像某些善于保养的老人一样。她的帽子低低地压在前额和头顶上，那是用平纹细布做成的两三个大圆锥筒，它们好像一个套一个，最下面搭落在她的后颈上，她那张可敬的脸便嵌在这一大团白色和有宗教味道的褶子之中。她的眼睛很温柔，充满了真诚的坦率。她的牙齿都掉光了，嘴里一无所有，笑起来时露出圆圆的牙床，像个孩子。她的下巴变成了"木鞋尖"（她常常这样说），尽管如此，岁月并未过分损害她的面庞，人们可以猜到她当初像教堂的女圣人一样端庄纯洁。

她朝窗外看，思量着再给孩子讲点有趣的事。

的确，在整个潘波尔，除她以外，没有任何一位老妇人能讲出那么有趣的话，有时是谈论张三李四，有时甚至不谈论任何事。这封信里讲了三四个滑稽可笑的故事，但是毫无恶意，因为她心地十分善良。

年轻女人见她一直没有想好，便开始细心地写地址：

冰岛海区雷克亚未克·玛利亚号船长
盖尔默转交
西尔韦斯特·莫昂先生收

写毕，她抬头问道：

"就是这些了，莫昂奶奶？"

她很年轻，令人赞叹地年轻，一张二十岁的脸。金黄色头发——这在布列塔尼这个地区可是少见的，这里都是棕发。金黄头发，亚麻般的灰色眼睛，几乎黑色的睫毛。她的眉毛几乎和头发一样金黄，仿佛是在一条红棕色的、颜色更深的线中央描出来的，那条线给人刚毅有力的感觉。她的侧影稍稍嫌短，但气质高贵，前额下面是绝对笔直的鼻梁，很像希腊人。下唇下面有一个深深的小窝，更衬托出下唇的优美线条。有时，当她为一件事操心时，便用洁白的上齿咬住下唇，于是在细嫩的皮肤下隐约显出几道短短的红印。她身材苗条，但全身却流露出一种高傲和严肃，这来自她的祖辈，他们曾是无畏的冰岛渔夫。她的眼神既固执又温柔。

她的帽子呈贝壳形，低低地压住前额，像头带一样紧紧贴住，两侧高高翘起，露出耳朵上方盘成螺旋形的粗粗的发辫——这种发饰是从古代传下来的，至今仍使潘波尔的妇女显出旧日的风韵。

看来她和这位可怜的老妇人是在不同的环境里长大的，她称她为奶奶，其实老人只是她命运坎坷的远房表姊。

她父亲梅维尔先生早年曾是冰岛人，有几分像海盗，靠在海上的大胆冒险发了财。

写信的这个漂亮房间正是她的卧室：一张城市式样的崭新的床，上面挂着边沿绣花的平纹细布床幔，厚厚的石墙上贴着淡色墙纸，好盖住那参差不齐的石头，天花板上涂了一层白石灰，免得人们从粗大的小梁上看出这座房子是多么老。这的确是富裕有产者的家，窗外是潘波尔古老的灰色广场，集市和朝圣节都在广场上举行。

"完了吗，莫昂奶奶？再没有什么事要说了？"

"没有了，姑娘，请你再添上一句，代我向加奥家的儿子问好。"

加奥家的儿子！……就是杨恩……这位美丽而高傲的姑娘写出这个名字时，满脸通红。

她用平稳的笔迹在信笺下方加了这句话，然后急忙起身转过头去，仿佛要观看窗外广场上什么十分有趣的事。

她站立时身体稍高，像高雅女士一般的身材裹在十分合体的、没有一丝皱褶的上衣里。虽然她戴着帽子，神气仍像一位小姐。她的手按美的通常标准不能算纤小，但细嫩而白净，从未干过粗活儿。

当初她是赤着脚在水里跑的小姑娘，幼年丧母，父亲去冰岛捕鱼时，她就无人照料。她长得漂亮，面色粉红，头发蓬乱，倔强而固执，在英法海峡尖厉大风的吹拂下茁壮地长大。那时这位可怜的莫昂奶奶收留了她，让她照料西尔韦斯特，因为奶奶白天要去潘波尔给人做工，干粗重的活儿。

对于被托付给她的那个小男孩，她怀着小母亲般的疼爱，其实她比他只大一岁半。她是金发，而他是棕发，她活泼任性，而他却随和，喜欢撒娇。

财富和城市未能使这位少女忘乎所以，她还记得自己生活的最初时期，回想起来仿佛是自由任性的遥远的梦，仿佛是朦胧而神秘的时光，那时候的沙岸比现在宽，悬崖当然也比现在宏伟。

很早，在她五六岁时，父亲便赚了钱，做起了船货买卖，将她带到圣布里厄克，后来又带到巴黎。于是小哥特成了高大、严肃、眼神沉着的"玛格丽特小姐"。她仍然相当独立，但与当年在布列塔尼沙岸上的孤独无援有所不同。她保持着孩童时期的固执性格。她对生活里的事情的理解纯属偶然，因为她没有任何辨别能力，但她有一种先天的、过度的自尊感，这便成了她的保障。有时她胆大妄为，当面说些坦率得让人吃惊的话。当年轻男子注视她时，她那美丽明亮的眼睛并不总是避开，但眼神正直而冷淡，对方立刻看出这是位规矩的姑娘，容貌和心地同样纯洁。

在那些大城市里，她在穿着上的变化比她本人要大得多。她仍然戴着帽子——布列塔尼女人是很难摘掉帽子的——但很快学会了另一种装束。当初她那种无拘无束的渔夫姑娘的身材逐渐发育，变得丰满了，被海风播下的种子长成了美丽的线条，腰部变细了，穿上小姐们的长胸衣正合适。

每年她都随父亲回到布列塔尼——只是在夏天来游泳。在短短几天里，她重新找到往日的回忆和自己的名字哥特（布列塔尼方言中的玛格丽特）。也许她对冰岛人感到几分好奇，他们总是被人谈论，却从来不在家，而且每年都有人不回来。这个时时被提到的冰岛，在她眼中像是遥远的深渊——而现在她所爱的人正在那里。

后来，父亲心血来潮，要回到这个渔民之乡，在潘波尔广场旁边住下来，像有产者一样安享天年，于是有一天，她便彻底回来了。

哥特将信又念了一遍，封上信封，贫穷但干干净净的老奶奶连声道谢，走了出去。她住得相当远，在普卢巴扎内克近口处的一个小山村里。她曾在那间茅屋里出生，也曾在那里抚养儿孙。

她穿过这座城，许多人向她打招呼，她也一一回礼。她是这里的老人，是一个备受尊重的勇敢家族的幸存者。

她把自己收拾得整整齐齐，因此，虽然可怜的长裙很破旧，打上了补钉，但她竟能奇迹般地打扮得很像样。她总是戴着潘波尔女人的棕色小披巾，那是她出门的装束。六十多年以来，大帽上的圆锥形细布就一直搭垂在披巾上。这是她结婚时的披巾，原先是蓝色，后来为了儿子彼埃尔的婚礼又重新染过，自那以后，星期日她才用披巾，它仍然显得很不错。

她一点不像老太太，走路时腰背挺得笔直。虽然她的下巴有点翘，但眼睛很好，容貌清秀，人们不能不说她漂亮。

她很受人尊重，仅仅从人们向她问好这件事上就能看出来。

她路过"情郎"家门口，这老头是她从前的追求者，细木工匠，如今已八十岁了。他总是坐在门口，让年轻的儿子们在刨床上刨木板。她曾结婚两次，但都没有看上他，据说他引为终身遗憾。年岁大了，他总是怀着半诙谐半恶意的怨恨招呼她：

"喂！美人，什么时候给您'量尺寸'呀？……"

她谢谢他，不，她还没有决定要订做这套衣服。当然，老头这句稍稍笨拙的玩笑指的是冷杉木做的衣服，那是世间一切服装的归宿。

"好吧，您什么时候愿意都行，您可别不好意思，您知道……"

这种玩笑他已经开过好几次了，但是她今天没有心思笑，因为忙忙碌碌的生活使她感到疲惫和衰弱。她想到亲爱的孙儿，她最后的亲人，他一从冰岛回来便将去服役——五年啊！……也许去中国，去打仗！……等他回来时，她还在世上吗？一想到这里她便焦虑不安……不，这位可怜的老妇人显然不像她外表上那么快活，她可怕地皱起脸，仿佛要哭出来。

这么说，人们可能把她最后的孙儿从她身边夺走，这么说，这是真的了……唉！也许还不如在重见他以前就独自死去……她想了些办法（她认识城里的某些先生）想不让孙儿走，因为他是这位即将失去劳动能力的贫苦奶奶的赡养者，但是事情没有办成，因为西尔韦斯特的哥哥让·莫昂是逃兵，家里人谁也不再提起他，但他生活在美洲某个地方，所以弟弟就不能得到减免兵役的优待。当局还说老奶奶享受海员寡妇的小笔年金，不能算贫穷。

她回到家中，长久地祈祷，为所有死去的亲人祈祷。接着她怀着热诚的心为小西尔韦斯特祈祷。她打算睡上一觉，但想到冷杉木衣服，自己这么老了孙子还要离家，心中万分难过……

另一个女人，那位少女，一直坐在窗旁，瞧着夕阳在石墙上的黄色反光和在天空盘旋的黑燕。潘波尔在五月里漫长的黄昏总是死气沉沉，星期天也不例外，姑娘们没有人来追求，三三两两地散步，梦想着冰岛的情人……

"……代我向加奥家的儿子问好……"她写这句话时局促不安，这个名字再也挥之不去了。

她常常像小姐一样在窗前度过黄昏。父亲不大喜欢她和同龄的姑娘一同散步，其实她从前和她们身份不也一样吗？父亲从咖啡店出来，一面抽烟斗，一面和像他一样的老海员一起踱步，这时，他喜欢看见女儿站在这座富人住宅的高高的石砌窗口，站在一盆盆花之间。

加奥家的儿子！……她不由自主地朝大海的方向看，她看不见大海，但感到它就在近旁，在船夫们往这里走的那些小街的尽头。于是她的思绪飞向这个无边无际的、始终吸引她、迷惑她、折磨她的东西。她的思绪飞到了那边，遥远的北极海洋，那里有盖尔默船长的玛利亚号。

加奥家的这个儿子可是个怪人！……他曾经既大胆又温柔地献殷勤，现在却在闪避，令人捉摸不定。

接着，在她长时间的遐想中，出现了去年回布列塔尼的往事。

十二月的一天清晨，经过在火车上的一夜旅行，她和父亲从巴黎来到甘冈。天色刚刚泛白，很冷，雾蒙蒙的，几乎什么也看不清。她立刻有一种从未有过的感觉：她只在夏天来过的这座古老的小城，她现在认不出来了。她仿佛觉得一下子掉进了乡下人所说的"年代"——久远过去的时光。和巴黎不同，这里是一片沉寂！这些属于另一个世界的人，生活平静，在雾里为自己的琐事奔走！由于潮气和黑夜尚未散尽，深色石头的老房子显得黑黝黝的。那天早上她觉得布列塔尼的这一切都悲凉凄惨——而现在呢，她爱上了杨恩便觉得这一切都很可爱了。

早起的主妇们已经打开了大门，她从门口经过时往里面看看，房子陈旧，有一个大壁炉，刚刚起床的老奶奶正平静地坐在那里。天更亮了一点，她走进教堂祈祷。宏伟的教堂显得庞大而阴暗，而且和巴黎的教堂很不相同，粗石柱的根部已被岁月磨损，空气中有一股墓穴和硝石的陈腐气味。在圆柱后面的一个偏角里正燃着一根蜡烛，它前面跪着一个女人，大概在许愿，纤细微弱的火光消失在模糊不清的、空荡荡的圆顶下……哥特内心里突然浮出一个已被忘却的感情的痕迹；从前，她很小的时候，被人领到潘波尔教堂参加冬晨第一次弥撒，当时她是多么忧愁和惊恐。

然而，那个巴黎并不使她眷恋，虽然那里有许多美丽有趣的东西。首先，她在那里感到局促，因为她血管里流的是航海者的血。其次，在巴黎她觉得自己是陌生人，外来者。巴黎女人身材苗条，腰部显出故意设计的曲线，她们以特有的方式走路，以特有的方式在由鲸须支撑的紧身衣里扭动身体。哥特很聪明，从未想到去模仿这些事。她每年从潘波尔订做帽子，戴着它走在巴黎的街上她感到很不自在，她没有意识到，之所以有那么多人回头瞧她，是因为她很迷人。

有些巴黎女人气质高雅，很吸引她，但她知道自己高攀不上。另一些女人层次较低，倒是愿意和她交往，但她看不上，认为不够格，不予理睬，因此她生活中没有朋友，几乎只有父亲与她做伴，但他很忙，总不在家。她不留恋这种背井离乡的孤独生活。

尽管如此，那天她到达时，凛冽严冬的布列塔尼出其不意地使她沮丧。还得坐四五个小时的马车才能深入到死气沉沉的腹地，抵达潘波尔，一想到这里她便感到不安，仿佛心情沉重。

就在这个灰蒙蒙的当天，父亲和她坐在驿车上行驶了整个下午。驿车又旧又小，到处是裂缝，没有遮拦。黑夜来临时，他们经过凄凉的村庄，幽灵般的树上渗出细细的雾气水珠。不久就必须点灯，再也看不见什么了——只有焰火般的两道绿光在马前两侧跑动，这是投射在路边没有止尽的篱笆上的车灯灯光。十二月份了，怎么会突然出现这些葱绿的草木呢？……她十分惊奇，俯身窗外想看个明白，接着她认出来又记起来了，这是荆豆，永恒的海滨荆豆，它长在小路边和悬崖上，在潘波尔地区从不枯黄。这时刮起了温暖的风，她认出来了，风带来了大海的气息。

路程快结束时，她完全醒了，产生了一个有趣的想法：

"对了，既然现在是冬天，这次我能见到漂亮的冰岛渔夫了。"

十二月份，他们该在家里，兄弟、未婚夫、情人、表兄弟都该回来了。每次她回来过夏天时，她的大大小小的女友们和她一同在傍晚散步时总是没完没了地谈论他们。这个念头占据了她的脑子，她的双脚在马车里一动不动，变得冰凉……

她的确见到了他们……而现在她的心已被其中一人夺走了。

4

她头一次看见这个杨恩是在她到达的第二天，那是十二月八日，是渔夫的守护神佳音圣母的节日，冰岛人的朝圣节。在宗教游行以后，阴暗的街上还悬着白旗，上面饰有常春藤、冬青、叶丛和冬天的花朵。

天空阴沉，朝圣节的欢乐显得沉重，带有几分粗野。欢乐而不轻松，这主要是由于那种毫无所谓、满不在乎的情绪，还有强健的体力与烧酒，而压在这一切之上的是死亡的威胁，它无所不在，但是在这儿更为赤裸。

潘波尔在喧闹：钟声和神父的诵经声，小酒馆里粗鲁单调的歌声，为水手催眠的老曲调，还有古老的悲歌，悲歌来自大海，来自我不知道的某处，来自久远的往昔。成群的水手挽着手臂在街上踉跄而行，因为他们习惯于摇来摆去，何况又有几分醉意。经过了海上长期的禁欲生活，他们投向女人的目光更为兴奋。还有成群的姑娘头戴修女式的白帽，胸部裹在紧身衣里，但十分丰满，微微颤动，漂亮的眼睛里藏着整个夏天的欲望。石头老房屋里是这些拥挤的人，古老的屋顶讲述好几个世纪以来的斗争：抵御西风、水沫、雨点，抵御大海掷来的一切，也讲述屋顶下发生过的热烈故事，关于胆量和爱情的往事。

一种宗教感情、节日气氛笼罩着这一切，古老的仪式、保佑平安的信条、洁白无瑕的圣母都备受尊重。在小酒馆旁边是教堂，石阶上撒着叶丛，大门敞开，从阴暗的门洞里飘出乳香的气味，黑暗中点着蜡烛，神圣的拱顶上处处挂着海员们的还愿物。在多情少女的身边，是死去海员的未婚妻和遭遇海难者的寡妇，她们披着长长的服丧披巾，戴着小平帽，从纪念死者的小殿里出来，两眼低垂，默默无语地穿过生命的喧嚣，仿佛是黑色的警告。咫尺之外就是大海，是养育和吞食一代又一代矫健者的大海，它在骚动，发出声音，它也在参加庆典……

所有这一切给哥特一种朦胧的印象。她很兴奋，她在笑，但内心却很难过。一想到要在这里生活一辈子，她感到某种焦虑。广场上有游戏和杂耍，女友们领她去那里散步，告诉她前后左右那些潘波尔或普卢巴兹拉内克青年的名字。一群"冰岛人"在悲歌歌手们面前站住了，背朝着她们。其中一人是彪形大汉，两肩出奇的宽，使她吃了一惊。她带着几分嘲讽只说了一句话：

"这人可真高大！"

话里几乎有这层意思：

"谁要是嫁给这样的大个子，他肯定在家里碍手碍脚。"

他好像听见了，转过头来，从头到脚迅速地看了她一眼，那眼神仿佛在说：

"这个如此漂亮的，戴着潘波尔帽的女人是谁？我可从来没有见过她。"

接着，出于礼貌，他很快低下眼睛，仿佛注意力全集中在歌手身上，只露出头上的黑发，它相当长，在后颈上十分鬈曲。

她毫不拘束地打听了许多年轻人的名字，但不敢问这个人姓甚名谁。她粗粗看了一眼他那张漂亮的脸，那美丽的、稍稍粗野的目光，还有在蓝色眼白中灵活转动的略略发黄的棕色眸子，这一切都给她留下深刻的印象，也使她害怕。

这人恰恰是她听莫昂家里提起过的西尔韦斯特的好朋友"加奥家的儿子"。朝圣节的当晚，西尔韦斯特和他挽着手臂在街上走，与她和父亲不期而遇，他们停下来向这父女俩问好……

……这个小西尔韦斯特，他立刻又像从前一样成为她的兄弟了。他们原本沾着亲，所以一直以"你"相称。最初，当她看见这个已经蓄着黑胡须的十七岁的大男孩时，她有点犹豫，但他那孩童般的善良眼神仍和从前一样温柔，她很快就认出了他，仿佛从未离开过似的。他每次来潘波尔，她都留他吃晚饭，这种事无关紧要，他总是吃得津津有味，因为他在家里吃得不太好……

……说实在的，在头一次介绍时——那是在一条洒满树枝的灰色小街街口上——这个杨恩对她并不十分殷勤，他只是摘下帽子，姿势稍稍羞涩但很高贵，并且用同样迅速的眼光将她打量了一下，然后眼睛转向别处，似乎对这次邂逅不大满意，急于走开。宗教游行时刮起了强劲的西风，黄杨木枝条被吹得满地都是，黑灰色的帷幔被吹到空中……哥特在对往事的遐想中又清楚地看见了这一切：朝圣节结束时，凄惨的黑夜来临；沿墙悬挂的、饰有花朵的白旗在风中扭曲；一群群喧哗的"冰岛人"——常年与风、与风暴周旋的人——唱着歌走进客栈，在下雨之前找避难所；特别是那个直直站在她面前的青年，他瞧着别处，因遇见她而显得厌烦不安……从那时起，她内心发生了多么深刻的变化呀！

那个节日结束时的喧闹和此刻的宁静是何等的不同！今晚，这同一个潘波尔却一片沉寂，空空荡荡，五月的黄昏温暖而漫长，热恋中的她独自待在窗前遐想……

5

第二次相遇是在婚礼上。加奥家的这个儿子被指定挽着她的手臂。最初她似乎不太高兴,和这个青年在街上走,谁都会盯着他那高大的身材,而且,一路上他多半一句话也不和她讲!……再说,这个人看上去很孤僻,让她害怕。

钟点到了,所有的人都聚在一起准备列队出发,但杨恩没有露面。时间在流逝,而他始终没有来,有人说别再等了。这时她发觉自己是为了他才打扮的;如果和任何别的青年在一起,庆典和舞会对她来说将是失败的,毫无乐趣……

他终于来了,也穿得很漂亮,并且毫不拘束地向新娘的父母道歉。是这么回事,英国方面来了通知,说有一个出人意料的、庞大的鱼群今晚要从奥里尼洋面附近通过,于是普卢巴兹拉内克所有的渔船都急忙准备出海。村镇里沸腾起来,女人们去小酒馆里找丈夫,推着他们快跑,她们自己则忙着升帆,帮着起航,总之真是在为一场战斗准备……

他被众人围在中央,从容不迫地讲着,一面做他特有的手势,灵活地转动眼珠,迷人地微笑,露出闪着光泽的牙齿。为了更好地表达仓促出海的情景,有时他说半句话就发出"呜"的一声,声音拖得很长,很滑稽——这是水手们表示快速时的叫声,很像长笛般的风声。他说他不得不赶紧找一个替身,而且让冬季雇佣他的那位船主同意,所以他来晚了。为了不错过这次婚礼,他放弃了自己那份捕鱼收入。

听他讲述的渔夫们完全理解他的理由,没有人要埋怨他。他们知道,不是吗?知道在生活中,一切多多少少取决于海上的意外事件,多多少少依赖于气候的变化和鱼群的神秘游弋。在场的其他冰岛人懊悔没有早点得知这个消息，不然可以像普卢巴兹拉内克的渔民一样，抓住这笔从洋面经过的财富。

现在为时已晚，算了吧，只好向姑娘们伸出胳膊了。小提琴的音乐在外面响起，人们快快活活地出发上路。

刚一开始，他对她尽说一些毫无意义的奉承话，像在婚礼时对不太熟悉的姑娘说的那些殷勤话。参加婚礼的一对对男女中，只有他们两人彼此是外人，其他人都是表兄表妹，未婚夫妻，还有几对情人，因为在这个潘波尔，在冰岛人返家期间，爱情进展神速（不过人们感情诚挚，总会结婚的）。

晚上跳舞时，他们两人的谈话又回到了那个大鱼群。突然间，他直直地瞧着她的眼睛，说出这句意想不到的话：

"在潘波尔，甚至在世界上，只有您能使我放弃了这次出海。任何其他女人都不能打扰我的捕鱼，哥特小姐……"

她最初感到吃惊，这位渔夫竟敢这样和她说话，她在舞会上不是有点像女皇吗？但接着她感到高兴和陶醉，终于回答道：

"谢谢您，杨恩先生，我不愿意和其他任何男子在一起，而愿意和您在一起。"

这就是一切。然而，从此刻起直到舞会结束，他们以另一种方式交谈，声音更低，更温柔……

人们在手摇弦琴和小提琴的伴奏下跳舞，几乎总是同样的舞伴。出于礼仪他有时和别的女人跳跳，然后又回来请她，他们像旧友重逢一样相互微笑，继续原先的亲密谈话。杨恩天真地讲述他当渔夫的生活，他的劳累，他的收入以及他父母从前的困境，那时他们得抚养十四个孩子，杨恩是长子。现在他们摆脱了困境，主要是因为父亲在英法海峡遇见了一艘遇难船的残骸并且将它卖了，售款除了上交国家那部分还留下一万法郎，他们用这笔钱给房子加盖了第二层楼。那座房子坐落在普卢巴兹拉内克尖端的波尔－埃旺村，在陆地的尽头，俯瞰英法海峡，风景很美。

"冰岛人这一行很艰苦，"他说，"一到二月份就得去那个地方，那里又冷又阴暗，海浪也大……"

……他们在舞会上的全部谈话，哥特现在想起来仿佛是昨天的事，她一面慢慢地回忆，一面瞧着五月的夜晚降临在潘波尔。他要是没有结婚的想法，为什么告诉她这些生活琐事呢，而她像未婚妻一样地听着。他可不像那种喜欢把私事告诉大家的庸人……

"……不过这一行也不坏，"他说，"反正我不会改行。有时候一年赚八百法郎，有时一年一千二百法郎，返航时领钱，然后我交给母亲。"

"交给您母亲，杨恩先生？"

"当然啦，总是全部交给母亲。这是我们冰岛人家里的习惯，哥特小姐。（他说话时仿佛这是理所当然、再自然不过的事。）所以，您可能不信，我手边几乎从来没有钱。星期天我来潘波尔时，母亲给我一点钱。别的事也一样。我身上这套新衣服是今年父亲请人做的，不然我就不敢来参加婚礼了，啊，我当然不能穿着去年的衣服来挽着您……"

对于习惯于看见巴黎男子的她来说，杨恩的新衣并不太漂亮，上装太短，露出的坎肩样式稍稍陈旧，但上身的线条却美得无懈可击，而且这位舞伴颇有气派。

他每次说完话，便微笑着盯住她的眼睛，想知道她是怎么想的。他对她讲述这一切，让她知道他并不富有，但他的眼神是多么善良和诚实！

她也对他微笑，一直盯着他的脸。她的回答很简短，却用整个心灵听他讲，越来越惊奇，越来越被迷住。

他是多么奇怪的混合体，既粗鲁孤僻，又像孩子一样想讨人喜欢！和别人在一起时，他那低沉的声音显得生硬、武断，但和她说话时，声音却越来越清纯、柔和，为她一人温柔地颤动，就像朦胧的弦乐乐曲。

这真是件意想不到的怪事：这个举止潇洒、身材吓人的大小伙子在家里却被当作小小孩，而且认为这很正常。他曾跑遍世界，有过种种经历、冒过种种危险，但对父母却始终毕恭毕敬，绝对服从。

她将杨恩和别人，和三四位轻薄的巴黎男子作比较，他们是店员、蹩脚的作家或别的什么，曾为了她的钱财而追求过她。她觉得杨恩是她所认识的最好的人，而且也最漂亮。

为了与他更接近，她也讲起家里的事，从前她家并不像现在这样富裕，父亲最初是冰岛渔夫，所以始终十分尊重冰岛人，她记得自己小时光着脚在沙岸上跑——在她可怜的母亲去世以后……

……啊！那个舞会之夜，那个在她生活中具有决定意义的，独一无二的美妙的夜晚，现在已经相当遥远了。舞会是在十二月，而现在是五月份。当时的漂亮舞伴们现在都散布在冰岛海面上捕鱼，他们在茫茫一片的孤寂中，藉着苍白的阳光，能看得清楚，而在布列塔尼大地上，黑暗正平静地降临。

哥特待在窗前。潘波尔广场四周几乎都是老房子，天黑下来越加显得凄凉，悄然无声。在房屋上方，仍然明亮的空荡荡的天空似乎在凹下去，在升高，与世上的事物越离越远，而世界，在这个黄昏时刻，归缩为一团齿形黑影——山墙和旧房顶。时不时地，有一扇门或一扇窗关上了。某个从前的海员从小酒馆出来，摇摇摆摆地在阴暗的街上走，或者几位少女散完步才迟迟归来，手里拿着一束五月的鲜花。其中一位姑娘认识哥特，向她问好，并且高高举起手里那束英国山楂花，好像要让她闻闻。在透明的阴暗中，一束束轻巧的小白花依稀可辨。此外，从花园和庭院深处飘来一股香气，那是长在石墙上的忍冬花的芬芳，还有来自港口的淡淡的海藻气味。最后的蝙蝠在空中滑动，像梦中动物一样静悄悄的。

哥特在这扇窗前度过了许多黄昏，一面瞧着凄凉的广场，一面想着海上的冰岛人，但始终在回忆那次舞会……

婚礼将近尾声，天气很热，许多跳华尔兹的人开始头晕。她还记得他和别的姑娘和女人跳舞，他肯定多多少少当过她们的情人。她记得他回答她们的招呼时，神情多么轻蔑与高傲……他对她们的态度是多么不同！

他是迷人的舞伴，像大橡树一样笔笔直直，旋转时优雅自如，既轻盈又高贵，头部后仰，那头棕色的鬈发稍稍搭在前额，随着舞步在风中飘起。在跳快步舞时，他朝她低下身子好抱紧她，这时，身材相当高的哥特感到他的头发擦过自己的帽子。

有时，他向她示意他的妹妹玛丽和西尔韦斯特在一起，这对未婚夫妻在一起跳舞。他们俩那么年轻，那么克制，相互行屈膝礼，十分腼腆地低声说些大概十分殷勤的话，他看着他们，笑了起来，但神气十分和善。如果他们是另一副样子，他当然也不会允许。但是，尽管如此，看见他们如此天真，他还是觉得有趣，虽然他已成为追求女人的老手了。他和哥特交换亲密的、心照不宣的微笑，仿佛在说："我们这两位弟弟妹妹，看上去多乖、多逗呀！……"

黑夜结束时，人们纷纷相互亲吻：表兄的吻，未婚夫的吻，情人的吻，但这些亲吻都是当着众人的面，嘴对着嘴，因此显得坦率和正派。杨恩没有亲吻她，这是当然，对梅维尔先生的女儿不能这样。在跳最后的华尔兹舞时，他只是稍紧地将她搂在胸前，而她呢，充满信赖，毫不抗拒，相反，靠在他身上，全身心地将自己交给他。一种突如其来的，深沉而美妙的眩晕使她全身向他靠近，她那二十岁的感官当然在其中起了作用，然而是她的心带的头。

"你们看见那个不害臊的女人了吗？瞧她盯着他的神气。"两三位漂亮姑娘说。她们的眼睛在金黄色或黑色的睫毛下贞洁地低垂着，但她们在跳舞的男子中至少有一两个情人。的确，她久久地瞧着他，但她是有道理的，因为这是她一生中注意到的第一位，也是唯一一位年轻男人。

天蒙蒙亮时，大家在冰凉的空气中一哄而散，他们分手了，以特有的方式相互道别，仿佛是第二天就要见面的未婚夫妻。于是她和父亲一起穿过这同一个广场回家，她丝毫不觉得疲乏，反而感到轻松快乐，愉快地吸着气，觉得外面冷冰冰的雾气和凄凉的黎明都很可爱，觉得一切都很美妙，一切都很甜蜜。

……五月的夜晚早就降临了，所有的窗子逐渐关上，绞链发出轻微的吱嘎声。哥特始终待在窗前，让窗开着。最后的三两个行人在黑暗中认出了她帽子的白色外形，大概在说："这姑娘肯定在想情人。"一点不错，她是在想情人，还想哭出来，细小的、白白的牙齿咬着嘴唇，不断地破坏了勾勒出饱满下唇轮廓的线条。她的眼睛始终盯着黑暗，不注视任何真实的东西……

然而，那次舞会以后，他为什么没有再来呢？他发生了什么变化？偶然相遇时，他似乎在避开她，像平时一样迅速地挪开目光。

她常常和西尔韦斯特谈起这件事，可他也不明白为什么，说道：

"可是，哥特，如果你父亲允许的话，你该嫁的人是他，因为你在这里找不到任何人比得上他。首先，我告诉你他很规矩，虽然表面上不是这样。他很少喝醉。有时确实很顽固，但内心很重感情。不，你不知道他有多好。而且是好水手。每到捕鱼季节，船长们都争着抢他……"

父亲的允许，她有把握能够得到，因为她想做的事从来没有受到阻挠。她不在乎他没有钱。首先，像他这样的海员，只要准备一点钱让他上六个月的航行课，他就能成为船长，船主们都会愿意把船交给他的。

他有点像巨人，她对这也不在乎，对女人来说，高大强壮可能是缺点，但是对男人来说，这丝毫无损于他的英俊。

此外，她还向对本地的爱情故事无所不知的姑娘们打听过——当然装作若无其事。她们说他没有任何誓约，对这个女人和那个女人都一样，时而去这里，时而去那里，时而去莱扎尔特里厄，时而又去潘波尔，找那些喜欢他的漂亮女人。

一个星期天晚上，已经很晚了，她看见他从窗下走过，还紧紧搂着一个叫雅妮·加罗夫的女人，送她回家，这女人的确漂亮，但名声很坏。这使她很痛苦。

她也听说他很暴躁。一天晚上，在冰岛人经常欢聚的某家潘波尔咖啡店里，他喝醉了，搬起一张大石桌砸破了大门，因为人家不给他开门……

这一切，她都原谅他。我们知道海员发怒时，有时会作出什么事……但是，如果他真是心地善良，那当初为什么来找她——她当时没有任何想法——随后又离她而去？他凝视了她整整一夜，露出似乎十分坦率的迷人微笑，用温柔的声音和她说知心话，仿佛她是未婚妻，当初他有什么必要这样做呢？现在她无法喜爱别的男人，无法改变了。从前，就在这个地方，当她还完全是孩子时，人们常常责骂她，说她任性，固执己见，和别的小姑娘不同。现在她依然故我。她已是位漂亮小姐，略微严肃和高傲，但没有受过任何陶冶，实际上还是原先的样子。

那次舞会以后，冬天在见面的等待中过去了，他在去冰岛以前甚至没有来向她告别。如今他不在这里，一切在她眼中都不存在了。时间放慢了，仿佛在缓缓爬行，直到秋天返航，她打算到那时问个明白，来个了结……

市政府的大钟敲了十一下，在安静的春夜里显得特别洪亮。

在潘波尔，十一时已经很晚了。于是哥特关上窗，点上灯，准备睡觉……

这个杨恩，也许仅仅是出于孤僻，要不就是出于高傲，认为她太富有了，害怕被她拒绝？……她原想亲自去找他问清楚，但西尔韦斯特认为不能这样做，女孩子这样大胆可不太好。潘波尔的人已经对她的神情和装束说三道四了……

……她像沉入遐想的少女一样心不在焉、慢慢吞吞地脱衣服，先是平纹细布的帽子，然后是城里式样的、高雅的紧身长裙，将长裙随便扔在椅子上。

接着便是小姐的长胸衣，它的巴黎式样引起人们议论纷纷。于是她的身体获得了解放，变得更加完美。它不再受压制，下部不再变细，恢复了自然的线条，也就是大理石雕像那种既丰满又柔和的线条。她的动作改变着线条的样子，每个姿势看上去都很美妙。

孤独的小灯，在深夜这个时刻，发出稍稍神秘的光，照着她的两肩和胸部，照着她那可爱的躯体，从来没有人见过它，它大概会白白浪费掉，在没有任何人的注视下憔悴，既然这个杨恩不愿意要它……

她知道自己有一张漂亮的脸，但没有意识到自己躯体的美。何况，在布列塔尼的这个地区，冰岛渔夫的女儿们都是这样，这种美几乎是世代相传的。人们对它不太注意，就连最不规矩的姑娘也不敢炫耀身体，而是害羞地不愿它被人看见。不，只有城里的雅士们才如此看重它，为它铸像或作画……

她开始解开在两耳上方盘成螺旋形的头发，发辫像两条粗蛇沉沉地落在她后背上，她又把头发像王冠一样挽在头顶——这对睡觉很方便——于是，她那笔挺的侧影像是罗马人的贞女像。

她仍然举着双臂，咬着嘴唇，用手指抚玩着金黄色发辫，像孩子一样，一面随便摆弄玩具，一面想别的事情。接着她让发辫垂落下来，逗趣似地将它拆散、摊开，于是头发盖住了她，直到腰部，她像是林中的德落伊教祭司。

她在思念爱情，她想哭，尽管如此，睡意终于来了。她猛然倒在床上，用那一大堆细丝般的头发盖住脸，头发现在散开了，就像面纱一样……

在普卢巴兹拉内克的茅屋里，莫昂奶奶——她现在处于生命的下坡，更黑的下坡——终于睡着了，一面想着孙儿和死亡，一面沉入老人的冰冷睡眠之中。

在这同一时刻，玛利亚号正在浪涛汹涌的北极海洋上，杨恩和西尔韦斯特这两个被思念的人正相互唱着歌，一面在没有止尽的日光中快活地钓鱼……

6

大约一个月以后，在六月份。

冰岛周围出现了罕见的气候，海员们称它为"白色宁静"，就是说空中没有任何东西在动，仿佛所有的风都精疲力竭，结束了。

天空蒙上了一张发白的大罩，在它下部接近地平线的地方，颜色越来越暗，变为铅灰色，又像锡一般地晦暗。在下面，海水死气沉沉，发出淡淡的光，使人感到眼睛很累，身上发冷。

这一次是闪光，仅仅是在海面上嬉戏的、不断变幻的闪光。淡淡的圆圈，和呵气时玻璃镜上的圆圈一样。闪着光的辽阔海面似乎全被蒙上纵横交错的模糊图案，它们时而交叉时而变形，消失得很快，转瞬即逝。

永恒的黄昏还是永恒的清晨，这很难说，因为太阳已不再表明时刻，它一直待在那里，主宰着这些毫无生气的物体的辉煌，它本身也仅仅是一个轮廓模糊的圆圈，在朦胧的光晕中显得庞大。

杨恩和西尔韦斯特肩并肩地钓鱼，一面唱着"南特的让——弗朗索瓦"那支没有结尾的歌。这种单调的曲子逗他们高兴，他们用眼角瞟着对方，不断地重复唱，每次都努力唱得更起劲，这种幼稚的滑稽举动使他们大笑。在带咸味的清爽凉气中，他们的脸颊是粉红的，他们呼吸的空气十分纯净，给人以活力。他们大口吸气，在这个活力与生命之源中吸气，让它灌满肺部。

然而，在他们周围是一片无生命的景象，是已完结的世界或尚未诞生的世界。光线没有丝毫热度。在太阳这只幽灵般大眼的注视下，物体一动不动，仿佛永远冷却了。

　　玛利亚号在海面上投下像黄昏一样长长的影子，影子在反射白色天空的光滑水面上呈绿色。在这片被影子笼罩的、不闪光的水面，可以清清楚楚看见下面的东西：无数的鱼，难以数计的鱼，它们都一模一样，朝着同一方向静静地游动，仿佛这永恒的旅行有既定的目的地。这是鳕鱼群在作队形变换，它们朝同一方向排成长列，形状一致，像是一条条灰色影线，而且不停地急速颤动，使这一堆默默的生命仿佛在流动。有时，它们突然摆尾，于是全体同时翻身，露出闪着银光的腹部。这个摆尾和翻身在整个鱼群中形成了缓缓的波动，仿佛有数千块金属片在水下发出数千点闪光。

　　太阳已经很低了，但仍在下沉，这肯定是黄昏。太阳落到靠近海面的铅色地带时，变成了黄色，它的圆形更清楚，更真实。人们可以用肉眼盯着它，像看月亮一样。

　　然而太阳仍在发光。它在太空里，但似乎并不遥远。只要乘船驶到地平线尽头，也许就能看见这个凄凉的大圆球悬在离水面几公尺的空中。

　　钓鱼进行得很快。往平静的水里瞧，就能看清楚这个过程：鳕鱼游过来，贪馋地咬住鱼饵，感到被戳了一下，抖抖身子，仿佛让自己的嘴被钩住。每一分钟，渔夫们用双手迅速拉起鱼竿，将鱼扔给那个负责开膛压扁的人。

　　潘波尔人的渔船队分散在这安静的镜面上，使这荒芜的地方活跃起来。在远处，这里那里都有一些小帆，其实升帆只是装装样子，因为根本没有风，白白的船帆在灰色地平线前显得十分清晰。

　　冰岛渔夫们这一天的工作显得宁静和容易，连小姐都干得了……

…………

南特的让——弗朗索瓦，

让——弗朗索瓦，

让——弗朗索瓦！

这两个大孩子唱着。

杨恩根本不把自己的美貌和高贵气质放在心上。只有和西尔韦斯特在一起时，他才是孩子，他只和西尔韦斯特一起唱歌、打闹，相反，他和别人在一起时沉默不语，或者说傲慢而阴沉。别人有事求他时，他总是很和气，别人不惹恼他时他也总是和蔼可亲、乐于助人。

他们唱着这支歌，离他们几步远的另外两个人在唱另一支单调歌曲，表达的也是困倦、健康和淡淡的哀怨。

他们并不感到厌烦，时间在流逝。

在下面的船舱里，铁炉里始终留着火，舱口的盖子一直关着，好让需要睡觉的人认为是在夜里。他们只需要很少的空气就能睡觉，而那些不太强壮的、长在城里的人却需要更多的空气。当人们整天与无边无际的大自然直接相处，胸腔里深深地灌满空气时，胸腔便也睡去，不再动弹，于是人们可以像动物一样随便蹲在哪个小洞里。

值完班后，他们想什么时候睡觉就睡，因为天始终亮着，钟点已毫无意义。他们总是睡得很香，从不烦躁，也不做梦，真正得到休息。

有时睡觉的人偶然想起了女人，于是睡不安稳，又睁开眼睛，睁得大大的，一面对自己说再过六个星期捕鱼就结束了，他们很快就会拥有新女人，或者拥有已经爱上的旧相好。

然而这种情况是很少见的。他们想女人时也十分正派，想他们的妻子、未婚妻、姊妹、表姐妹……禁欲的习惯使他们的感官也睡着了——在很长的时期里……

…………

南特的让——弗朗索瓦；

让——弗朗索瓦，

让——弗朗索瓦！

……他们现在瞧着灰色地平线尽头某个难以觉察的东西。水面上升起一缕轻烟，像是极小的尾巴，是另一种灰色，比天空的灰色稍微深一点。他们的眼睛训练有素，能探测深处，所以他们立刻看见了：

"一艘轮船，在那边！"

"我看，"船长一面仔细看，一面说，"我看这是政府的船，是来巡逻的巡洋舰……"

这缕朦胧的烟给渔夫们带来法兰西的消息，其中还有一封老奶奶的信，是由一位漂亮的姑娘代写的。

轮船慢慢地靠近，不久就现出了黑色船体，的确是来西部峡湾巡逻的巡洋舰。

与此同时，刮起了刺脸的微风，在死水的表面，有些地方开始出现了斑纹，风在闪光的镜面上划出一些蓝绿色图案，它们延伸为直线，张开成扇形，或者像石珊瑚一样分出许多枝杈。一切变得很快，并发出微微的响声，仿佛是苏醒的信号，预告这无边的迟钝即将结束。天空摘掉了面纱，变得明朗。雾气垂在地平线上，像大堆大堆的灰色棉絮一样堆积起来，在大海周围形成一道厚厚的软墙。在渔夫们上方和下方的那两面无边无际的镜面重新变得清澈透明，仿佛那些使它们失去光泽的水气被擦掉了。天气在变，但是太快，不是好兆头。

渔船从海上各处，各个方向，纷纷驶来，它们都是在这片水域里转悠的法国船，其中有布列塔尼人、诺曼底人、布洛涅人、敦刻尔克人。渔船像应召归队的小鸟一样，聚集在巡洋舰后面，有些船甚至从地平线的角落里钻出来，到处都出现了微微发灰的小帆。苍白和荒凉的海面上布满了渔船。

渔船不再慢慢地随波飘流，而是迎着刚起的清新微风张起了帆，加快速度驶近。

冰岛相当遥远，但也出现了，仿佛也想像渔船一样驶近，它那光秃秃的石头高山越来越清晰，人们从来只能从侧面，从下面看清它，仿佛它不愿意露面。与这个冰岛相连的是另一个颜色相似的冰岛，它逐渐变得清晰，但只是幻影，它那更加巍峨的山岭只是凝聚的水气。太阳始终在低处，有气无力，无法升到物体上方，它在岛的幻影后面显得清清楚楚，仿佛是在它前面，于是眼前就有了这种难以理解的景象。太阳的光晕已经消失，圆盘的轮廓又变得很清楚，像一个可怜的黄色星体，停留在混沌之中，奄奄一息，不知所措……

巡洋舰停了下来，周围现在聚集了许多冰岛人。每条渔船派去了核桃壳形的小艇，将一些胡子长长的、穿着粗野的鲁莽男子送到巡洋舰上。

他们有点像孩子，每人都要求点什么，治小伤口的药、修理东西、食物、还有信。

还有些人来是因为船长让他们戴上镣铐，作为对反叛行为的惩罚。他们都为国家服过役，觉得这是理所当然的事。四五个这样的大小伙子戴着脚镣往地上一躺，舰上窄狭的下甲板就被堵住了，于是给他们锁脚镣的老军士便说："斜着躺，孩子们，让人过去。"他们微笑着，乖乖地照办。

这一次冰岛人收到了许多信，其中有两封是给盖尔默船长的玛利亚号的，一封给杨恩·加奥先生，另一封给西尔韦斯特·莫昂先生（这封信经丹麦转雷克雅未克，在那里交给巡洋舰）。

负责邮件的军官从帆布口袋里往外掏信，分给他们，常常看不清地址，因为它们并不都是由灵巧的手写出来的。

舰长说：

"快一点，快一点，气压表降低了。"

看到这么多核桃壳形的小船被放到海上，这么多渔夫聚集在这个不安全的水域，他有点不安。

杨恩和西尔韦斯特从来是一同读信的。

这一次是在午夜的太阳下，太阳从地平线上方照着他们，形状仍旧像个死星球。

他们坐在甲板一角的僻静处，相互搭着肩膀，慢慢地读信，仿佛想更好地品味信中讲的那些关于家乡的事。

西尔韦斯特从杨恩的信里得到了他的小未婚妻玛丽·加奥的消息，杨恩在西尔韦斯特的信里读到了伊芙娜老奶奶的滑稽故事。在逗离家的人高兴这一点上，谁也比不上她。最后那行字与他有关："代我向加奥家的儿子问好。"

读完信后，西尔韦斯特羞怯地将自己的信指给好友看，让他欣赏一下那个笔迹：

"你瞧，多漂亮的字，是吧，杨恩？"

杨恩很清楚这是哪位少女写的，耸耸肩，转过头去，仿佛总提这个哥特让他厌烦。

于是西尔韦斯特将那张受蔑视的、可怜的信小心翼翼地折起来，装进信封，塞进毛衣里，贴着胸口，一面忧愁地想道：

"肯定，他们永远也成不了夫妻……可他到底为什么对她反感呢？……"

……巡洋舰上敲了午夜十二时。他们始终坐在那里，思念家乡，思念远方的人，思念许许多多的事，像是在做梦……

此时，永恒的太阳，刚才在海水里稍稍将边沿浸湿的太阳，又开始缓缓升起。

而这是清晨……

第二篇

1

……冰岛的太阳也改换了面貌，改换了颜色，它用不吉利的清晨开始了这新的一天。它完全摘去了面纱，射出强烈的光线，宛如喷射的光柱穿过天空，预示恶劣的天气即将到来。

几天以来天气太好，该结束了。风吹着这些正在秘密集会的渔船，仿佛必须将它们吹散，从海上清除掉，渔船开始散开，像败军一样溃逃，其实它们面对的只是写在空中的威胁，但它们对此是不会弄错的。

风越刮越猛，使人和船都在颤抖。

海浪还不大，开始一浪追一浪，积叠起来。首先，夹着一道道白色泡沫，泡沫在水上像流涎一样散开，接着，在轻微的响声中，从浪中升起了烟雾，它仿佛烫手，仿佛在燃烧，而这种尖厉的声音一分钟一分钟地增强。

人们不再考虑捕鱼，只考虑如何驾船了。渔线早已收回。渔船纷纷地匆忙驶开，有些船想及时赶往峡湾寻找避风港，另一些船想绕过冰岛的海角驶往宽阔的海面，在畅通无阻的空间里顺风溜走更为保险。它们相互之间还能隐约看见。这里那里，在浪谷中突然出现了船帆，这些湿漉漉的可怜的小东西在疲惫地逃跑，但仍然挺立着，像是用接骨木心做的儿童玩具，你一吹气它就倒下，但它总能再立起来。

带状云在西方地平线上汇聚起来，像是岛屿，现在云层从上到下逐渐脱散，碎云在天空中奔驰。云层仿佛取之不尽，风将它摊开、延伸、拉长、持续不断地从中抽出阴暗的帷幔，并将它们在明亮的黄色天空中展开，天空变成青灰色，寒冷而晦暗。

风力越来越大，一切都在晃动。

巡洋舰已驶进冰岛的避风港。汹涌的大海显出狰狞可怕的模样，现在海面上只剩下渔船了，它们正急忙准备应付恶劣的天气。船与船之间的距离拉开，很快它们就相互看不见了。

海浪卷成涡形，继续追逐、重叠、钩攀，浪头越来越高，波谷越来越深。

头天晚上还是平静的海域，在几个小时内，就变成了一片骚动，昨日的静寂让位给了震耳欲聋的声音。眼前这种无意识、无意义的骚动来得这么快，真是瞬息万变。这一切到底为了什么？……这种盲目的毁灭真是难以理解！……

云层完全在空中摊开，它始终来自西方，层层叠叠、急急忙忙，很快便使一切变得昏暗。云层中只剩下几个黄色的裂缝，尚在低处的太阳从那里射出最后几束光线。海水呈暗绿色，上面那一道道的白色流涎越来越多。

正午时，玛利亚号完全采取了应付恶劣气候的姿态。它关上舱口，收紧船帆，灵活而轻巧地跳动。它仿佛在和这初起的混乱逗着玩，就像喜欢风暴的大鼠海豚一样。它只保留着前桅帆，用海员们的话来说，这种航行称为"在天气前面逃跑"。

上面完全暗了下来，苍穹紧闭，沉甸甸地压着，只有几个更黑的煤点挂在上面，像是形状不定的污迹。圆顶几乎一动不动，但如果仔细观察便可看出它在令人眩晕的运动之中，大片大片的乌云迅速掠过，并且不断地被后来者所取代，这些灰暗的幕帷来自地平线深处，它不断展开，就像没有尽头的线卷……

玛利亚号在天气前面逃跑，逃跑，越跑越快。天气也在逃跑，在不知什么神秘和可怕的东西前面逃跑。风、海、玛利亚号、云，一切都在仓皇地迅跑，朝着同一方向。跑得最快的是风，然后是它后面的、显得更沉更慢的、高耸的海浪，接着便是被这一切运动裹卷的玛利亚号。它被海浪追逐着，灰白的浪尖在滚动，不断地坠落，它不断地被海浪攫住、超越，但它总能脱身，靠的是船后巧妙的尾涡，凶狠的海浪对这种涡流也无可奈何。

在这种逃跑中，人们主要感到的是一种虚幻的轻巧，不用费劲不用出力就跳了起来。玛利亚号涌上浪尖时，没有任何震动，仿佛是被风举了起来，随后它降落又像是滑下来的，人们只是腹部微微颤动，仿佛这是"俄国车"的模拟降落或者梦中想像的坠落。玛利亚号仿佛在倒退着滑行，因为那逃跑中的巨浪高峰在渔船下面陷塌，好继续奔跑，于是玛利亚号被重新抛进也在奔跑的巨大浪谷，它触到谷底，但没有受伤，甚至也没有被溅起的海水弄湿，溅起的海水也在逃跑，和其他一切一样，它在逃跑，并且在前面消失，仿佛是水汽，仿佛根本不存在……

谷底更黑。每个浪头过去以后，人们瞧着身后又来了另一个更大的浪头，它耸立着，呈透明的绿色，并且迅速靠近，凶狠地向你包抄，旋涡时时会来将你淹没，仿佛在说："看我抓住你，淹没你……"

……但是没有，它只是将你托了起来，仿佛一耸肩托起一片羽毛，而且几乎是轻轻地，你感到它在你身下过去，带着轻微作响的泡沫，像瀑布一样发出隆隆声。

如此这般，不断继续下去。大海越来越汹涌，浪头越来越大，一个接一个，像长长的山脉，山谷开始令人害怕。这一切疯狂的运动在加快，天空更加阴暗，嘈杂声也更大。

天气的确十分恶劣，必须小心。不过，只要前面有通行无阻的空间，有逃跑的空间就无所谓了！何况，玛利亚号今年恰巧在冰岛渔场的最西部捕鱼，所以向东逃跑等于是顺利返航。

杨恩和西尔韦斯特腰部被系在船舵上掌舵。他们又在唱"南特的让——弗朗索瓦"这支歌。运动和速度使他们感到陶醉，他们扯开嗓子唱，但在这片喧嚣声中谁也听不见谁，便笑了起来，高兴地转过头去迎风唱歌，喘不过气来。

"怎么样！孩子们，上面有闷味吗？"盖尔默船长从半开的舱口探出那张蓄着胡子的脸问道，他就像是即将从匣中跳出的玩偶。

"啊！不，当然没有闷味。"

他们精确地知道该如何操作，对这条船的坚固性和自己的臂力抱有信心，因此毫不害怕。何况还有那尊陶制的圣母像在保佑他们，四十年来，在去冰岛的航行中，圣像曾多次跳过这种剧烈的舞蹈，但在假花束中永远面带微笑……

南特的让——弗朗索瓦，

让——弗朗索瓦，

让——弗朗索瓦！

一般来说，人们看得不远。几百米以外，一切都化为朦胧的惊恐，化为竖立起来挡住视线的灰白色浪尖。人们以为自己始终处在一个虽然不断变化但很窄狭的舞台上，何况万物都淹没在水汽里，水汽像云一般迅速逃跑，掠过整个海面。

然而，西北处间或出现一角晴空，从那里可能发生风向突变。从地平线射来微弱的光，它贴着水面，有气无力，使天空的圆顶更显阴暗，在汹涌的白色浪峰上散开。这角晴空看上去也凄凄惨惨，它露出的远方，它的空隙更使人心痛，因为它使人们明白，这个混沌，这种狂暴无所不在，一直到辽阔而空旷的地平线后面以及无止尽的远方。恐惧没有边界，人们在其中孤立无援。

响起了巨大的喧嚣，仿佛是散布世界末日恐惧的末日序曲。这里有几千种声音，从上面传来呼啸的或深沉的声音，声音铺天盖地，倒显得遥远，这是风，是这片混乱的主谋，是掌握一切的无形威力，它使人害怕，但是还有别的声音，更近、更具体、更具有毁灭性威胁的声音，那是翻腾的水声，它仿佛在炭火上噼啪作响……

大海越来越汹涌。

尽管他们在逃跑，大海开始要盖住他们，用他们的话说，要"吃掉"他们。首先是浪花敲击船尾，接着是大团大团的水以雷霆万钧之力扑了过来。波浪越来越高，发疯似地升高，但它也逐渐破成碎片，于是人们看见暗绿色的巨大碎片，这是在降落时被风吹向四方的水，海水沉甸甸地大量落在甲板上，发出砰砰的声音，于是玛利亚号全身颤动，仿佛是出于疼痛。白色的流涎散落在四处，现在什么也看不清了。狂风大作时，厚厚的一团团泡沫在奔驰，就好像是夏天大路上的尘土。大雨来了，但也是斜着横扫过来，于是这一切都像皮鞭一样嘶叫着，抽打着，伤害着。

他们俩人都在船舵旁，被系在那里，稳稳地站着，身上穿着像鲨鱼皮一样又硬又亮的油布衣。他们用沾过柏油的小绳将领口、袖口、裤脚紧紧系住，免得进水。雨水和海水在他们身上流淌，风雨更猛时，他们便深深地弓起背免得被冲倒。他们的脸颊发疼，时时喘不过气来。在大团的落水过去以后，他们相视而笑，因为胡子上沾着那么多盐。

狂暴没有减弱，始终处于激愤的高峰，久而久之使人感到极度疲乏。人的怒气，动物的怒气很快便耗尽，减退，但是这些无生命物的怒气却必须忍受很久，很久，它既无原因也无目的，像生命和死亡一样神秘莫测。

> 南特的让——弗朗索瓦，
> 让——弗朗索瓦，
> 让——弗朗索瓦！

他们嘴唇发白，却仍然重复这支老歌的叠句，无意识地将它当作没有音调的东西。过度的动荡和嘈声使他们眩晕，他们虽然年轻，冷得牙齿打战的脸上露出勉强的微笑，眼睛在不断眨动的灼痛的眼皮下半闭着，呆滞而迟钝。他们像两块拱扶垛石一样牢牢贴在船舵上，用痉挛发青的双手做该做的一切，他们几乎没有思想，只是出于肌肉的习惯。他们的头发上流淌着水，他们紧紧抿着嘴，变得很古怪，一种原始的野性在他们身上浮现出来。

他们彼此再看不见了！只是意识到他们还在原地，并肩站着。在更危险的时刻，每当新的海浪呼啸着在船后像可怕的高山一样耸起，并且撞击渔船发出低沉的隆隆声时，他们便不自觉地用一只手划十字。他们再也不想什么，不想哥特，不想任何女人，不想任何婚事。这种情况继续得太久，他们不再有思想，因为嘈杂声、疲劳和寒冷使他们脑中一片黑暗。他们现在只是掌住舵杆的两根僵硬的肉柱，只是本能地抱住它以免一死的强健的动物。

2

…………

……这是在布列塔尼，九月中旬后凉爽的一天，哥特一个人穿过普卢巴兹拉内克荒原，向波尔－埃旺走去。

冰岛人的渔船已返航一个多月了，只有两艘船没有回来，它们在六月份的那场暴风中沉没了。玛利亚号挺过来了，杨恩和船上所有的人都平平安安地回到故乡。

一想到这是去杨恩家，哥特便感到惶惑。

自他从冰岛回来以后，她只见过他一次。那是当可怜的小西尔韦斯特动身去服役，他们大家一齐去送他的时候。（他们一直送他上驿车，他流了几滴眼泪，他那位老奶奶却泪如雨下。他是去布雷斯特营地。）杨恩也来和他的小朋友吻别，当哥特注视他时，他却假装看着别处。驿车旁有许多人，因为还有别的服役青年要走，他们的亲戚都聚在那里送行。哥特没有办法和杨恩说话。

终于她作出了重要决定，于是带着几分胆怯朝加奥家走去。

她父亲从前和杨恩的父亲有些共同的股份（这种复杂的事在渔民中和在农民中一样，没完没了。），最近卖了一条船，他应付杨恩父亲该得的那一份——一百多法郎。

"您该让我去送钱，父亲，"她说，"首先，我很高兴去看看玛丽·加奥，其次，我从来没有在普卢巴兹拉内克走这么远，我很喜欢跑这一趟。"

其实，她对杨恩的家庭十分好奇，也许有一天她会走进这个家庭，她也对那座房子，那座村子感到好奇。

西尔韦斯特临走前和她最后谈过一次，以他的方式向她解释这位朋友的孤僻性格：

"你明白，哥特，他就是这么个人，他不愿意和任何人结婚，这是他的想法，他只爱海，有一天他甚至开玩笑地说他答应过和大海结婚。"

她会原谅他的态度，她在回忆中始终保存着他在舞会之夜的坦率而美丽的微笑，她又开始了希望。

如果她在他们家中遇见他，当然她什么也不会对他说。她并不想有大胆的表示。但是他呢，在这么近的地方与她重见，他也许会开口吧……

3

她轻快而激动地走了一个小时，一面呼吸大海的清新微风。

交叉路口上竖着一些大十字架。

她不时地穿过海员的小村，它们成年累月地被风吹打，颜色像峭壁。在一个小村里，小路突然变窄，两边是阴暗的墙和像凯尔特式茅屋一样尖尖的高草顶，一个酒馆招牌使她发笑："中国苹果酒"，招牌上画着两个穿着绿袍和粉红袍的长着尾巴的怪人，他们正在喝苹果酒。这大概是从那边回来的某位老水手的怪念头……她一面走，一面看。那些为旅行的目的担心的人往往比其他人更对旅途中的众多琐事感兴趣。

那个小村庄现在已经远远地被抛到后面，哥特在布列塔尼大地的最后一个岬角上往前走，四周的树木越来越稀，田野更显得凄凉。

地面高低不平，布满岩石，从所有的高处都能望见大海。现在一棵树也没有了，只有长着绿色荆豆的旷野，这里那里，基督受难像在天空的陪衬下伸着十字形的长臂，使整个地区像一个巨大的裁判所。

她来到一个交叉路口，这里也矗立着一个庞大的基督受难十字架，荆棘斜坡上有两条路，她在犹豫。

一位小姑娘正好走过来，帮她解脱困境：

"您好，哥特小姐！"

她也是加奥家的孩子，是杨恩的小妹妹。哥特亲吻了她，然后问她父母是否在家。

"爸爸妈妈在。只是我哥哥杨恩去了洛吉维，"小姑娘毫无心眼地说，"但是我想他不会在外面待得很晚的。"

他，他不在家！又是这个倒霉的运气，让他时时处处都远离她。将访问改在下一次？她的确这样想过。可是那位小姑娘已经看见她朝这边走，她会说的……波尔－埃旺的人会怎样看这件事？她决定继续前行，但尽可能地四下逛逛，好让他来得及回家。

她走近杨恩的村庄，走近这个偏僻的海岬，景色也随之变得更严峻、更荒凉。海风使人体魄强壮，也使植物变得矮短粗壮，俯伏在硬土上。在小路的地面上，这里那里有些海藻，这些来自"另一处"的叶丛表明另一个世界近在咫尺。它们向空中散发着咸味。

哥特有时遇见一些行人，他们都是靠海为生的人，在这个光秃秃的地方，远远就能看见他们的身影，因为那遥远的、高高的海线似乎将他们放大了。这些领航员或渔夫仿佛时时在窥视远方，关注大海，与她相遇时，和她打招呼。他们的脸晒成了棕褐色，显得刚强果断，头上戴着海员软帽。

时间过得很慢，她真不知道怎样才能在路上多耽搁些时间。那些人见她走得这么慢，有些吃惊。

这个杨恩，他去洛吉维干什么？也许是向姑娘们献殷勤……

啊！她哪里知道他根本不把女人放在心上。时不时地，他想找某个女人时，一般只需上门就行了。"潘波尔的姑娘们"，正如那首古老的冰岛歌曲所唱的，对自己的身体入迷，不会拒绝如此英俊的小伙子。不，他去洛吉维只是为了向一位篾匠订货，那人编织捕龙虾的网篓，技术在本地算是独一无二的。此刻杨恩的头脑里根本没有爱情。

她来到一座小教堂，它坐落在山坡上，远远就能看见。教堂很小，很老，全部是灰色。一片荒芜之中只有一个小树丛，树也是灰灰的，叶子已经落光了。这些树仿佛是教堂的头发，它们全都倒向同一个方向，仿佛被一只手梳理过。

这只手也使渔船沉没，这只永恒的西风之手使岸边弯曲的树枝朝波涛巨浪的方向倾倒。老树歪歪扭扭地乱蓬蓬地长了起来，百年来承受了这只手的威力，弓着腰。

哥特几乎来到了旅程的终点，因为这就是波尔－埃旺的教堂，于是她停下来，想再争取一点时间。

一堵塌陷的矮墙将竖着十字架的墓地围了起来。教堂、树木、坟墓，一切都是同一种颜色，整个地方仿佛一致受到海风的吹打和折磨。石头、多结的树枝、墙上壁龛里的圣徒石像，都被蒙上带有淡黄斑点的淡灰色地衣。

在这些木十字架中，有一个上面用大字写着的名字："加奥－若埃尔·加奥，终年八十岁"。

啊！对，这是祖父，她知道。大海没有要这位老水手。杨恩的好几位亲属大概都躺在这个墓园里，这很自然，她该预料到。然而，在坟墓上看见这个名字，她感到难受。

为了消磨时间，她走进那个狭小、陈旧、刷过白石灰的古老门廊，想做做祈祷，但她突然站住，心中一阵痛苦。

加奥！又是这个姓名，它刻在一个死者牌位上，人们常用这种牌位纪念死在海上的人。

她读上面的字：

纪念

让－路易·加奥

玛格丽特号水手，终年二十四岁

一八七七年八月三日死于冰岛

愿他安息！

冰岛，总是冰岛！在教堂的这个门廊里，到处都钉着写上遇难水手姓名的木牌。这是纪念波尔－埃旺的海上遇难者的地方，她有一种不祥的预感，后悔不该来这里。在潘波尔的教堂里，她也见过这种牌位，但是在这里，在这个村子里，冰岛渔夫们的空空的坟墓却是更小、更粗糙、更简陋。两边都有石头长椅，这是为寡妇和母亲设的。这个地方低矮，形状像山洞一样很不整齐，门口供奉的是一尊很旧的圣母像，她被涂成粉红色，凸出的眼珠充满恶意，很像是原始的土地女神库伯勒。

加奥！又是加奥！

纪念

弗朗索瓦·加奥

安娜－玛丽·勒科斯特之夫

潘波尔人号船长

一八七七年四月一日至三日，与全船二十三人一同
遇难于冰岛
愿他们安息！

在这些字下面是架在两根交叉的死人骨头上的、绿眼睛的黑色颅骨，这是朴素的骷髅画，它表达了另一个时代的不文明的风气。

加奥！哪里都是这个姓名！

另一位加奥叫伊夫，"在冰岛的诺尔登峡湾附近被风卷走，遇难，终年二十二岁"。牌位在那里似乎已有多年，他大概被人遗忘了……

她一面看，一面感到对杨恩的阵阵激情，她的爱情是温柔的，但也带有几分绝望。不，永远不，他永远不会属于她！她怎么能与大海争夺他呢，既然加奥家那么多人都在海上沉没了，先辈们，兄弟们！他们肯定与他十分相像。

她走进小教堂，里面很阴暗，从厚墙上低矮的窗户射进依稀的光。她心中充满了止不住的眼泪，在男女圣徒的巨像前跪下祈祷，它们的头部触着圆顶，周围是粗劣的花。外面起了风，风声在鸣咽，仿佛将死去青年的哀怨吹回到布列塔尼。

她重新上路，进村后打听了一下，便找到了加奥家。房子依着高高的峭壁，门前有十二三级石阶。她想到杨恩可能已经回来了，不免稍稍颤抖。她穿过长着菊花和婆婆纳的小花园。

进门时，她说自己是来送卖船的钱的，人们很有礼貌地请她坐下等父亲回来，他要签收条。屋里有不少人，哥特用眼睛寻找杨恩，没有看见他。

屋里的人正忙着，在一张白净的大桌子上剪裁新棉布，为下一个

冰岛季节做衣服，也就是他们称作的油布衣。

"您知道，哥特小姐，去那里他们每人必须有两套换洗的。"

他们向她解释下一步该如何为这些简陋的衣服染色和上油。他们在详详细细地解释，而她在仔细地环顾这所房子。

这里是布列塔尼茅屋的传统布置，最里面是一个巨大的壁炉，两边是一层层衣橱式的床。但这里和半藏在路旁的农夫住宅不同，不那么阴暗和凄凉，这里既明亮又干净，海员的家里一般都是这样。

加奥家的好几个孩子都在那里，有男孩和女孩，都是杨恩的弟弟妹妹——正在海上的两个大弟弟除外。此外还有一个金黄头发、面带愁容、干干净净的小姑娘，她和别的孩子长得不一样。

"她是我们去年收养的。"母亲解释说，"我们已经有许多孩子了，可是，有什么办法呢，哥特小姐！她父亲原先在玛利亚－天主－爱你号船上干，上个捕鱼季节，船在冰岛失事，您知道，于是邻居们便分头领养五个孤儿，她归了我们。"

那个被领养的小姑娘听见人们在谈她，便低下头，微笑着躲在她最喜欢的洛麦克－加奥背后。

屋里到处有一种轻松自如的气氛，所有孩子的红脸蛋上都洋溢着健康的容光。

哥特受到殷勤接待，这位漂亮小姐的来访对这家人来说是种荣誉。他们请她从崭新的白木楼梯上到二楼，那是这座住所里最漂亮的房间。加盖这层楼的故事，她还记得清清楚楚，那是因为加奥老爹和当领航员的堂兄在英法海峡发现了一艘弃船。这是杨恩在那晚舞会上给她讲的。

卖废船盖的这间房崭新、洁白，因而显得漂亮和欢快。那里有两张城里式样的床，上面挂着粉红色的印花布床帷。房间中央是一张大桌子。从窗口可以看见整个潘波尔，整个锚地，那里停泊着冰岛人的船，还看得见它们出海的航道。

她不敢提问，但她真想知道杨恩睡在哪里。他小时当然睡在楼下，睡在一张衣橱形的老床上。但现在呢，他也许睡在这里，睡在这些漂亮的粉红色床帏里。她多么想了解他生活的细节，特别是了解他如何度过冬季漫长的黄昏……

……楼梯上响起了稍稍沉重的脚步，使她一惊。

不，来人不是杨恩，但与杨恩很相像，虽然已是满头白发。他几乎和杨恩一样高大，一样笔挺，这是加奥老爹，他刚钓鱼回来。

他和她打招呼，问明来访的缘由，给她签了收条。签字费了一点时间，因为据他说，他的手已不太听使唤了。然而，他说这一百法郎并不是最后的结账，他并不从此与卖船之事无关，这只是部分款项，他会再和梅维尔先生谈谈。哥特根本不在乎钱，难以觉察地微微一笑：好哇，这件事还没有了结，她早料到了。这样一来对她正好，她还要和加奥家打交道。

他们几乎请她原谅杨恩不在家，仿佛她来时全家人都该在场。父亲这位老水手十分机灵，大概猜到儿子对这位漂亮的女继承人不会无动于衷，一而再，再而三地谈起他：

"真奇怪，他在外面从来不待到这么晚。他去了洛吉维，哥特小姐，去买捕龙虾的网篓。您知道，我们在冬天主要是捕龙虾。"

她心不在焉地延长访问，也意识到这未免过分，但一想到见不到他便心中难过。

"像他那样规规矩矩的，会干什么呢？小酒店，他肯定不在那里。在这方面我们不必为儿子担心。不过，偶尔来一次，星期天，和同伴们一道……您知道，哥特小姐，当海员……嗯！老天爷，特别是年轻人，对吧，怎么会滴酒不沾呢？……不过他很少喝酒，他是个规矩人，可以这样说。"

然而天黑了下来。人们停止了工作，将开始做的油雨衣叠了起来。加奥家的孩子和那个被领养的小姑娘相互紧挨着坐在长椅上，黄昏的灰色时刻使他们发愁。他们瞧着哥特，仿佛在思索：

"她现在为什么还不走？"

暮色降临，壁炉中的火焰开始发出红光。

"您该留下来和我们一同喝汤，哥特小姐。"

啊不！她不能这样。想到自己待了这么久，她的脸一下子就红了，她起身告辞。

杨恩的父亲也站了起来，要送她一程，送出那段偏僻的洼地，那里长着老树，路很黑。

他们并排走着，她感到对他产生了敬意与感情，在这突然的激情中，她很想和他谈谈，把他当一位父亲，但是话语哽在她的喉咙里，她什么也没有说。

他们在带大海气味的傍晚的冷风中走着，在光秃秃的荒原上，这里那里看见一些茅屋，茅屋的门已经关上，在驼背似的屋顶下显得黑黢黢的，这是渔民们赖以藏身的可怜的小窝，他们还看见十字架、荆豆和石头。

这个波尔－埃旺可真远！她在这里耽搁到这么晚！

有时他们与从潘波尔或洛吉维回来的人相遇。每次她瞧着走近的人影都想到他，想到杨恩。然而，从远处认出他来是很容易的事，她很快就失望了。她的脚被像头发一样蓬乱的、长长的棕色植物绊住，这是在地上散落的海藻。

到了普卢埃佐克的十字架前，她向老人告别，请他回去。潘波尔的灯光已经看得见了，她再没有任何理由感到害怕。

算了，这一次结束了……谁知道她什么时候能见到杨恩……

要想再去波尔－埃旺，她有的是借口，可是再去访问他会显得多么不知趣。她必须更有勇气，更有自尊心。如果她的小知心朋友西尔韦斯特在这里，也许可以让他去找杨恩，让杨恩解释解释。可是西尔韦斯特走了，而且要走多少年呢？……

4

"结婚？"当天晚上，杨恩对父母说，"为什么结婚？嗳！老天爷，为什么要结婚？我会像现在和你们在一起这样快乐吗？没有烦恼，和谁也没有争执，从海上回来时，每晚都有热腾腾、香喷喷的汤等着我……啊，我明白了，对，是因为今天来家的那位姑娘吧。首先，她很有钱，看上我们这些可怜的人，我觉得这事有点怪。其次，我不要她也不要任何别的女人，不，我考虑过了，我不结婚，没有这个打算。"

那两位老人默默地相互看着，十分失望。他们商量过，认为那位姑娘决不会拒绝他们英俊的儿子，但他们并不坚持，知道坚持也没有用。特别是母亲，她低下头，不再说话，她尊重这个儿子，这个几乎像一家之长的大儿子的愿望。他对她总是温柔、体贴，在生活小事上比孩子还更听话，但很久以来，在大事上他绝对自己做主，沉着地不受任何压力的束缚。

他和其他渔夫一样，习惯于黎明即起，因此晚上从不耽搁很晚。晚饭后，刚到八点钟，他满意地最后瞧瞧洛吉维的网篓和新渔网，开始脱衣服，心情看上去十分平静，然后他便上楼，在和弟弟洛麦克共有的、挂着粉红色印花布床帏的床上躺下。

5

……哥特的小知心朋友西尔韦斯特来布雷斯特军营已经有两星期了。他很不习惯，但是很规矩。他神气地穿着敞口蓝领制服，戴着红绒球软帽。高大的身材和摇摆的走路姿势使他这位水手显得神采飞扬，但他内心里始终怀念可爱的老奶奶，他依然是从前的纯洁孩童。

只有一天晚上他喝醉了，因为按惯例，他必须和老乡们喝酒。于是这一大帮人相互挽着胳臂，高声唱着回到军营。

还有一个星期天，他去戏院的四等楼座上看戏。上演的是悲剧，水手们对剧中的叛徒十分恼火，他一出场，便一致发出"呜"声，这声音像西风一样深沉。西尔韦斯特觉得剧场里很热，地方太窄又闷气，想脱下短大衣，被值班军官训斥了一顿。快终场时他睡着了。

午夜过后，他回兵营，看见一些不戴帽子的年岁相当大的女人在人行道上溜达。

"你来吧，漂亮小伙子。"她们粗声粗气地叫着。

他并不像别人想像的那么幼稚，立刻明白了她们想干什么。但他马上想起了老奶奶和玛丽·加奥，鄙夷地从她们前面走过，而且面带幼稚的讽刺微笑打量她们，炫耀自己的美貌和青春。这种克制甚至使她们大为吃惊：

"你见过这种人吗……当心，快跑呀，小子，快跑，我们会吃掉你的。"

她们说了些不堪入耳的话，但被淹没在星期日夜晚街巷里那一片嗡嗡嘈杂声中。

西尔韦斯特在布雷斯特和在冰岛一样，和在海上一样，他始终是童身。其他人也不嘲笑他，因为他身强体壮，使海员们肃然起敬。

6

有一天他被叫到连部。人们告诉他他被派往中国，去台湾舰队！……

他早就料想会这样，因为他听看报的人说过那边的战争还在继续。由于时间紧迫，人们告诉他不能给他休假，而一般来说，出发执行任务以前总有几天假期去与亲友告别的。五天以后他就必须收拾行装出发。

他惶惑不安，一方面对远程旅行，对新的事物，对战争感到有趣，另一方面又为离乡背井而极端苦恼，模糊地担心会有去无回。

千万件事在他脑中旋转。在军营的大厅里，他四周是一片嘈杂，因为许多人也被指派去加入驻中国的舰队。

于是他急忙给可怜的老奶奶写信，他坐在地上，用铅笔急忙地写，他处在激动的遐想中，充耳不闻身边人来人往的嘈杂声，那些年轻人和他一样，即将出发。

7

两天以后，人们在背后笑他：

"她有点太老了吧，这位情人！不过，他们看上去倒很合得来。"

他们觉得有趣，这是他头一次在雷库弗朗斯街上散步，像众人一样挽着一个女人，而且温柔地向她俯下头，和她说些什么，看样子是甜言蜜语了。

从后面看，这女人身材矮小，但举止相当灵巧，裙子稍稍过短，不合当今的式样，披着一条棕色小披巾，戴着潘波尔女人的高帽。

她呢，也靠在他的手臂上，转过头来，深情地注视他。

"这位情人有点太老了吧！"

他们这样说并无恶意，他们明白这是从农村来的老奶奶。

……得知孙儿要远行，她惊慌失措地赶来了，因为中国的战争已经使潘波尔失去了不少海员。

她拿出了可怜的全部积蓄，将星期天穿的漂亮衣裙和换洗的帽子装进一个纸盒就来了，至少可以再吻抱一次孙儿吧。

她来到营房要求见见他的孙儿，连队的军士最初不让西尔韦斯特出来：

"您要是想见他，亲爱的太太，自己去找连长吧，他刚好从那边过来。"

她直截了当地去了，连长受到感动，说道：

"叫莫昂去换衣服。"

莫昂三步并两步地跑去换好上街的衣服，老太太呢，像往常一样想逗他乐，在军士身后行屈膝礼，扮了一个滑稽可笑的鬼脸。

后来，孙儿穿着开领的上街服装回来了，她惊喜地见到他这么英俊：理发师把他的黑胡子修剪成今年在海员中流行的尖形，开口衬衫的边缘打着细褶，软帽上飘着长长的、末梢有金锚的丝带。

刹那间，她以为看见了儿子彼埃尔，二十年前他也在舰队里当过桅楼水手，她回忆起早已埋在身后的久远往事，回忆起死去的所有亲人，这些回忆悄悄地给此时此刻蒙上忧郁的阴影。

忧郁很快就过去了。他们臂挽臂地走出营房，因为相聚而高兴异常，也正是在这个时候，别人把她当作了情人，说她"有点太老"。

为了开开心，她领他去一家由潘波尔人开的饭馆吃饭，她听说那里不太贵。然后，他们仍然挽着手臂在布雷斯特街上转，看看商店的摆设。她想出一些事讲给孙儿听，逗他笑，真是再有趣不过了，她讲的是潘波尔的布列塔尼方言，过路的人听不懂。

8

她和他在一起待了三天，快快活活的三天，然而一个阴暗的"以后"沉沉地压在这三天上，所以也可以说是特赦的三天。

终于她该走了，该回到普卢巴兹拉内克了。首先她那笔可怜的钱已经用光了，其次西尔韦斯特第三天就要出发，而在远航的头一天水手们都必须严格地待在军营里（这种惯例初看起来有几分不近情理，但却是防止出航时"溜号"的必要措施。）。

啊！那最后的一天！……尽管她想做点什么，尽管她挖空心思想对孙儿再说些有趣的事，但她找不到话说，不，眼泪不断地要涌出来，她喉头发紧，时时要哭出来。她靠在他的手臂上，千叮咛万嘱咐，这也使他想哭。他们最后走进一座教堂一同祈祷。

她是乘傍晚的火车走的。为了省钱，他们步行到火车站。他提着她的旅行纸盒，用强健的手臂扶着她，而她全身都倚在这只手臂上。可怜的老人，她太累，太累。三四天来她劳累过度，支持不住了。她在棕色披巾下弯着腰，没有力气直起腰来，体态中不再有一丝一毫的年轻，她深深感到沉重的七十六岁压在自己身上。她想到这结束了，再过几分钟就要与他分别，心如刀割。而他是去中国，去那边参加杀戮。此刻他还在这里，在她身边，她还在用可怜的手拉着他……但他要走了，无论是她的意愿，她的眼泪，还是她这位奶奶的绝望都无法把他留住！……

她不知所措地拿着火车票、食品筐和手套，激动不安，全身哆嗦，向他作最后的叮嘱，他顺从地低声说"好的"，一面温柔地低头看她，像小孩子一样用善良、温存的眼光注视她。

"走吧，老奶奶，您要想走就该走了！"

火车在鸣笛。她惊恐地怕错过火车，从他手中夺过纸盒，接着又让纸盒掉在地上，抱着孙儿的脖子作最后的吻别。

火车站的人都在注视他们，但谁也不想笑。她精疲力竭、晕头转向，被火车站的职员们推着，上了开过来的第一节车厢，车门在她身后砰然关上。他呢，迈着水手的步伐轻快地跑着，像小鸟起飞时一样绕着弧形，为的是绕圈赶到栅栏外面看着她过去。

一声长笛，车轮在轰轰隆隆地滚动，奶奶从他面前过去了。他靠在栅栏上，用充满青春活力的优美姿势挥动着带飘带的帽子，她呢，俯在三等车厢的窗口挥动手帕让他看见，很久，很久，只要她还能分辨那个深蓝色的形状，那还是她的孙儿，她一直看着他，用整个心灵向他说"再见"，然而，对出航的海员说的"再见"，从来就是靠不住的。

好好看看他，可怜的老妇人，好好看看这个亲爱的西尔韦斯特。好好看着他那远去的，永远消失的身影，直到最后一刻。

她再也看不见了，便跌坐在椅子上，也顾不上是否弄皱了帽子。她怀着对死亡的焦虑，抽抽噎噎地哭了起来。

他呢，低垂着头，慢慢往回走，大滴大滴的眼泪在脸颊上往下流。秋天的夜晚已经来临，各处的路灯已点燃，水手们的欢庆活动开始了。他什么也不注意，穿过布雷斯特，然后是雷库弗朗斯桥，往军营走。

"来吧，漂亮小伙子。"女人们用沙哑的声音说，她们已经开始在人行道上来回踱步了。

他回去躺在吊床上，独自哭泣，几乎没有合眼，直到天明。

9

……他出航了，被陌生的海洋迅速带走，它比冰岛的海洋更蓝。

载他去亚洲尽头的船奉命日夜兼程，不靠任何港口。

他已经意识到走了很远，因为船始终在高速行驶，几乎不考虑风浪。西尔韦斯特是桅楼水手，像小鸟一样栖在桅杆上，避开了拥挤在甲板上的士兵，避开了下面这堆嘈杂的人群。

船在突尼斯海岸停靠了两次，为的是装载轻骑兵和骡子。他远远地看见沙土或高山上的白色城市。他甚至爬下桅楼，好奇地看着那些披着白纱、皮肤棕黑的男人，他们是划小船来卖水果的。别人告诉他这些就是贝督因人。

尽管已是秋季，这里仍然是酷暑和烈日，他深深感到身在异乡。

有一天，船抵达了一座被称为塞得港的城市。众多长长的旗杆上飘扬着欧洲各国船只的旗帜，仿佛是巴别塔[1]的大聚会，四周是闪光的沙海。船在那里靠近码头的地方抛锚停泊，两侧几乎都是建有木屋的长街。自出发以来，他从未在如此的近处，如此清楚地看见外面的世界。熙熙攘攘的人群和大量的船只使他很开心。

---

1 出自《圣经》，挪亚的子孙想筑通天的高塔，上帝使他们语言混乱，以挫败他们的计划。巴别塔表示互不相通的众多语言。——译者注

哨声和汽笛声此起彼伏，船只全部驶进一条长运河，它像沟渠一样狭窄，发出银光，笔直地在无边无际的沙漠中伸向远方。西尔韦斯特从高高的桅楼上看着它们列队远去，在平原上消失。

码头上穿梭着各种服饰的人，一些男人穿着五颜六色的长袍在那里忙碌，大声叫嚷，紧张地办理转口过境手续。傍晚时，在令人厌恶的船笛声外，又响起了一片嘈杂，这是几个乐队在吹吹打打，仿佛想抚慰过境的被放逐者心中那令人断肠的乡愁。

第二天，太阳刚升起，他们也驶进了沙漠中那窄窄的水道，后面跟着一长列各国的船只。在沙漠中的这次列队航行持续了两天，然后另一片海洋展现在他们面前，他们又驶到海上了。

船仍然全速行驶。海水比较暖和，海面上有红色斑纹，船尾的泡沫有时呈血红色。西尔韦斯特几乎一直待在桅楼上，轻声唱着《南特的让——弗朗索瓦》来怀念杨恩，怀念冰岛，怀念过去的美好时光。

有时，他看见在充满幻想的远方出现了颜色古怪的山峰。它还很远，模糊不清，但是驾驶船的人肯定知道那是大陆伸入海中的尖角，它们是环球航道中永恒的方位标。桅楼水手像物体一样被船载着，他什么也不知道，在无边的大海上不会测量距离。

但他意识到可怕的距离在不断增加，这一点他很清楚，因为他从高处看着船尾向后飞驰的、轻轻作响的涡流，他在计算这种日夜兼程的航速已经持续了多久。

在下面，在甲板上，那一大群拥挤在帐篷阴处的人正疲惫不堪地喘着粗气。水、空气、阳光呈现出一种忧郁的光彩，使人难以喘气，它们的永恒盛会仿佛在嘲笑人，嘲笑那些短暂的、有组织的生命。

……有一次，他在桅楼上欣喜地看见一大群从未见过的小鸟，它们像一团团黑色尘土一样扑到船上，精疲力竭，任人捕捉和亲抚。每位桅楼水手肩上都有小鸟。

然而很快，最疲乏的小鸟开始死亡。

……这些极小的小鸟，在红海的可怕烈日下，成千上万地死去，死在横桁和舷窗上。

它们是被暴风从大沙漠另一边吹来的。它们害怕掉落在看不到边的一片蓝色中，便作最后挣扎，扑到从这里经过的船上。这种鸟在那边，在利比亚的遥远地区大量繁殖，它们具有丰富的交配能力，毫无节制地繁殖，以至过了头，于是盲目而且无情的母亲，大自然母亲，便吹逐这些过剩的小鸟，像吹逐整整一代人那样冷酷无情。

它们都在船上炙热的铁板上死去，甲板上布满了它们小小的躯体，它们昨天还充满了活力、歌唱和爱情……西尔韦斯特和别的桅楼水手将这些羽毛发湿的、黑黑的东西拾起来，带着怜悯的神情将它们青色的细翅膀在手掌里摊开，然后用扫帚将它们扫进大海的巨大空虚中……

随后飞来了蝗虫，摩西的蝗虫的后代，盖满了整条船。

接着他们又在一成不变的蓝色中航行了好几天，那里看不见任何有生命的东西，只有鱼间或在水面上飞跃……

10

大雨倾盆，天空低沉阴暗。这是印度。西尔韦斯特刚刚踏上这片土地，因为他偶然被指派坐小船来补充给养。

透过厚厚的叶丛，温暖的骤雨打在他身上，他瞧着周围奇怪的东西。一切都呈绿色，十分美丽，树叶长得像巨大的羽毛，来来往往的人眼睛大大的，很柔和，仿佛在沉重的睫毛下闭着。夹带着雨点的风中有麝香和鲜花的气味。

几个女人示意他过去，这大概和在布雷斯特多次听到的"来吧，漂亮小伙子"差不多。但是在这个迷人的地方，她们的召唤令人心慌意乱，肉体哆嗦。她们裹着透明的平纹细布，丰满的胸部鼓鼓的，像青铜一样光滑，呈黄褐色。

他还在犹豫，但已被她们迷住，他慢慢朝前走，想跟她们去。

……这时突然传来小鸟颤音般的海员口哨，催他返回小船，因为小船要开了。

他跑了起来，再见吧，印度的美人。当晚船又驶回大海，他仍旧像孩子一样保持着童贞。

他们在蓝色海上又航行了一星期，然后停靠在另一个多雨的、林木茂盛的地方。一大群黄皮肤的人一面呼喊着，一面挑着成筐的煤涌上了船。

"我们已经到了中国？"西尔韦斯特问道，因为他看见他们的面孔很怪，还带着尾巴。

人家对他说不，这只是新加坡，还得耐心等待。他爬上桅楼躲避被风吹得四散的黑灰，这时上千筐的煤正狂热地在煤舱里堆积起来。

有一天，他们终于抵达一个叫岘港的地方，那里停着一艘舰艇——西尔塞号，它在封锁港口。这就是他早就知道自己该去的舰艇，于是他带着行李被卸了下来。

他在这里甚至还遇见了老乡，两位冰岛人，他们目前是炮手。

晚上，天气总是温暖而平静，他们无事可干，常常避开旁人，聚在甲板上，共同形成回忆中的小布列塔尼。

在期望中的作战时刻来到以前，他得在这个凄凉的海港里度过闲散和流亡的五个月。

11

潘波尔，二月的最后一天，明天渔民们就要出发去冰岛。

哥特靠着房门站着，一动不动，面色苍白。

这是因为杨恩正在楼下与她父亲谈话。她见到他来，现在隐隐约约听见他的声音。

整个冬天他们都没有相遇，仿佛命运使他们相互远离。

在那次波尔－埃旺之行以后，她曾寄希望于冰岛人的朝圣节，那天晚上人群聚集在广场上，不愁没有机会见面和聊天。节日的这一天清晨，街道上都挂上了白色幔布和绿色花环，却下起了倒霉的倾盆大雨，还有呜呜的西风助着雨势。潘波尔的人从未见过如此昏黑的天空。"算了，普卢巴兹拉内克的人不会来了，"在普卢巴兹拉内克有情人的姑娘们发愁地说。他们的确没有来，或者很快就关上门喝酒了。没有游行，没有散步，她比往常更难过，整个晚上都待在窗子后面，听着屋顶的水在往下流，听着从下面小酒馆里传来渔民们喧闹的歌声。

几天以来，她就预料到了杨恩的来访，既然卖船之事尚未结清，加奥老爹又不愿意来潘波尔，那么他会派儿子来的。于是她想好了要去找他——姑娘们一般是不会这样做的——和他谈个明白。她要责备他像不正派的男孩一样先和她调情然后又抛弃她。固执、孤僻、对捕鱼这一行的热爱、害怕遭到拒绝……如果仅仅是西尔韦斯特说的这些，那么，在他们的坦率谈话以后，它们就不再存在了，谁知道呢！那时他会重新露出漂亮的笑容，一切便都迎刃而解。去年冬天，在那晚的舞会上，她一直被他搂抱着跳华尔兹，那时他的笑容是多么使她惊喜、着迷。这个希望使她又鼓起勇气，充满了一种几乎甜蜜的急切心情。

从远处看，一切总是显得轻而易举，去说去做都不难。

杨恩的这次访问来得正是时候，她肯定父亲此刻一定坐着抽烟，不会起身送客的，那么，走廊里不会有人，她终于能和他谈谈了。

然而，时间一到，她又觉得这未免大胆得过分了。一想到要见到他，要在楼梯下与他面对面，她不免颤抖起来，心在怦怦地跳……而且，下面这扇门随时都会打开，会发出她熟悉的轻微的吱呀声，让他出去！

不，当然，她永远也不敢，要做这种事还不如在等待中憔悴，郁郁而死。她已经往回走了几步，要回到房间顶里边坐下干活。

但她又停住了，迟疑不决，惊慌失措，她想起明天就是出发去冰岛的日子，这次是与他见面的唯一机会了。要是错过机会，她还得再次在孤独和等待中度过几个月，不安地盼着他回来，再一次浪费她生命中的整整一个夏天……

楼下的门打开了，杨恩走了出来！她突然下了决心，跑下楼梯，颤抖地直直来到他面前：

"杨恩先生，我想和您谈谈，行吗？"

"和我！……哥特小姐？……"他低声说，伸手取帽子。

他朝后扬起头，用灵活的眼睛看着她，表现粗鲁而严厉，仿佛在考虑是否该站住。他已经伸出了一只脚准备逃跑，宽宽的肩膀贴着墙，似乎想在这个他被截住的窄窄的走廊里离她越远越好。

她浑身发冷，原先准备对他讲的话一句也想不起来了，她没有想到他会这样侮辱她，根本不听她讲就走……

"我们的家让您害怕吗，杨恩先生？"她用古怪的声音冷冷地说，这不是她愿意要的声音。

他转过眼睛，瞧着外面，两颊变得通红，血涌上脸，脸发烧，鼻孔随着肺部的运动而一张一合地呼吸，像公牛一样。

她试着继续说：

"我们在一起的那个舞会晚上，您和我说再见时并没有把我当作不相干的女人……杨恩先生，您这么健忘……我做了什么对不起您的事？……"

……从街上灌进来的可恶的西风吹动了杨恩的头发和哥特帽子上的翼翅，使他们身后的一扇门猛烈摇撞。在走廊里谈这种严肃的事可真不方便。哥特将哽在喉头的这几句话吐出来以后便沉默了，头脑发昏，没有了主意。他们朝临街的大门走去，他始终在逃跑。

外面，风声呼啸，天空很黑。从打开的大门射进苍白而凄凉的光线，正照着他们的脸。对门的一位女邻居瞧着他们：这两个人站在走廊里，显得那么局促不安，他们可能在谈什么呢？梅维尔家里出了什么事？

"不，哥特小姐，"他终于说话了，既粗鲁又自如地为自己开脱，"我已经听见有人在议论我们……不，哥特小姐……您是有钱人，我们不是同一个阶级。我是不会来您家的，我……"

然后他就走了……

这么说，一切永远结束了。但她根本没有说出她想说的话，这次见面仅仅使她在他眼中成为放肆的女人……这个杨恩到底是什么样的人，既瞧不起女人，又瞧不起金钱，什么都瞧不起！……

她最初待在原处不动，晕头晕脑，看见周围的东西在旋转……

接着，脑中闪现了一个念头，一个最难以容忍的念头：杨恩的几位伙伴，几位冰岛人，正在广场上踱着步等他！如果他对他们讲述这一切，嘲笑她，那将是更可怕的侮辱！她赶紧上楼回到房间，在窗帘后面观察他们……

她家门口的确有这群人，但是他们仅仅看着天空，它越来越阴，他们猜测会下一场大雨，说道：

"只是阵雨，我们去喝酒吧，等它过去。"

接着他们大声地拿雅妮·卡罗夫开玩笑，拿不同的女人开玩笑，但谁也不回头瞧她的窗子。

他们都有几分醉意，但他除外，他不回答，也不微笑，始终显得沉重和忧郁。他没有和他们一起去喝酒，既不理会他们也不理会刚下起来的雨，在暴雨下慢慢地走，仿佛陷入沉思。他穿过广场，朝着普卢巴兹拉内克的方向……

于是她原谅他的一切，一种没有希望的柔情取代了最初涌上心头的辛酸的恼恨。

她坐了下来，两手捧着头。现在该怎么办呢？

啊！要是他能听她一会儿，或者要是他能来这里，他们在这间房里安安静静地单独谈谈，那么也许一切还能说清楚。

她爱他，敢于当面承认。她会对他说："当初是您来找我，我并没有对您有什么要求，而现在，如果您愿意，我全身心地属于您。您瞧，我并不害怕成为渔夫的妻子。在潘波尔的小伙子中，我要愿意的话可以随便挑个丈夫。但是我爱您，不管怎样，我认为您比别的年轻人都好。我稍稍富有，我也知道自己长得漂亮，我在城里住过，但我向您发誓我是规规矩矩的姑娘，从来没有干过坏事。既然我这么爱您，您为什么不要我呢？"

……但是这一切永远只能在梦中表白，在梦中说出来了。已经太晚了，杨恩将听不见这番话……再试试找他谈……啊不！他会把她看成什么样的轻佻女人！……她宁可死。

而明天，他们都要去冰岛！

她独自待在这间漂亮的卧室里，二月份微白的光线射了进来。她随意坐在沿墙排列的一张椅子上，身体发冷，仿佛看见世界在塌陷，连着现在和将来的东西一齐塌陷，落入刚刚在她四周凹下去的、阴暗可怕的虚空之中。

她希望摆脱生命，在墓石下静静地躺着，不再痛苦……但她的确原谅他，在她绝望的爱情中没有对他的丝毫怨恨……

12

大海，灰色的大海。

杨恩在没有航标的海上大道上已经慢慢行驶了一天，这条路在每年夏天将渔民们带往冰岛。

头一天，当他们在古老的圣歌声中起航时，刮的是南风，所有的船都升起了帆，像海鸥一样很快散开。

接着，风势开始减弱，船速慢了下来，水面上游移着大片大片的雾气。

杨恩也许比平常更沉默寡言。他抱怨天气过于寂静，他仿佛需要动一动，好摆脱某个顽念。但是没有办法，他只能在平静的环境里平静地滑行，只能呼吸，听其自然。张眼望去是一片片深深的灰暗，竖耳聆听，一片静寂……

……突然传来一个沉闷的声音，声音很微弱但很反常，它来自船底，仿佛刮过什么东西，就像汽车的制动器刮着轮胎一样。于是玛利亚号停住了，动弹不了……

搁浅了！在什么地方？多半是在英国海岸的暗礁上搁浅了。从昨天晚上开始，一层层的雾使他们什么也看不见。

人们焦躁地跑动起来。他们的冲动忙乱与突然间停滞不动的船形成对比。玛利亚号在这个地方停住了，动弹不了。在这种湿热的天气里，周围那茫茫一片流动的东西更显得虚幻，玛利亚号被藏在水下的某个坚固不动的东西抓住了，它被牢牢地抓住，可能会在这里死去。

谁没有见过可怜的小鸟、可怜的苍蝇爪子被胶粘住的情景呢？

最初它们没有发觉，神态依旧，除非它们知道爪子被粘住，而且可能永远也挣不脱。

接着它们挣扎起来，翅膀和头上都沾上了胶，于是它们显出可怜的神态——身陷困境、面临死亡的神态。

玛利亚号也是如此，最初它并不十分惊慌。是的，它有一点倾斜，然而这是在大清早，风平浪静。必须了解底细才会忐忑不安，才会明白情况严重。

船长的样子叫人可怜，他没有十分留意船的方位，犯了错误，他举起两手在空中挥动，用绝望的声音喊道：

"天啊！天啊！"

在一角青天里出现了一个海岬，就在近旁，但他们不认识。它几乎立刻又被雾罩住，看不见了。

此外，附近不见一张船帆或一缕烟。但目前他们宁可这样，因为他们很害怕英国救援者，这些人会以自己的方式强制性地将船拖出困境，但要提防他们，就像提防海盗一样。

他们忙成一团，将船上的东西换个地方，挪来挪去。他们那条叫"土耳其人"的狗并不害怕风浪，却也被这次意外事故震住了。船底传来的声音，涌浪产生的剧烈抖动，还有船的木然不动，这些都使它明白情况不正常，所以它垂着尾巴躲在角落里。

接着，他们乘上几艘小船去给大船抛锚，齐心合力地使劲压着缆绳，试图将船拖动。这个艰苦的工作不间断地持续了十个小时。黄昏来临，这条早上还是干干净净、漂漂亮亮的可怜的船已经面目全非了，到处是水，是泥，一片混乱。它挣扎过，被海员们来回晃动，但始终留在原地，像条死船一样待住不动。

…………

黑夜降临，起风了，海浪更高，形势不妙，然而，将近六点钟时，他们突然脱离了羁绊，早先用来维持方位的缆绳断了，船漂了起来……于是人们发疯似的从船头跑到船尾，高声喊道：

"我们漂起来了！"

他们的确漂了起来。但怎样才能表达"漂起来"的快乐呢，感到自己在动，又充满了生命，又变得轻盈，而不像刚才那样感到自己即将成为残骸！……

杨恩的忧愁也被一扫而光。有益于身心的体力疲乏治愈了他，他像船一样轻盈，恢复了无忧无虑的神气，抖掉了回忆。

第二天早晨，他们再次起锚，继续朝寒冷的冰岛航行时，杨恩的心似乎像最初几年一样自由自在。

13

在地球的另一端，在下龙湾的西尔塞号舰上，正在分发从法国来的信件。负责邮件的军官被围在拥挤的水手中间，高声念着幸运的收信人的名字。这是在傍晚，人们挤在炮舱的舷灯周围。

"西尔韦斯特·莫昂！"的确有他一封信，邮戳上是潘波尔，但笔迹却不是哥特的。这意味着什么？是谁的来信？

他惶恐地翻来覆去看信封。

　　　　普卢巴兹拉内克，一八八四年，三月五日
　　　　　　　我亲爱的孙儿，
　　　　　　　………………

　　的确是亲爱的老奶奶的信，他松了一口气，信纸下方有她的签名，那是她背熟了的，笔迹粗大，颤抖，仿佛出自小学生之手："莫昂寡妇"。

　　莫昂寡妇。他本能地将信纸凑到唇边，将这个可怜的名字当作神圣的护身符亲吻，因为它正是在他生命的重要时刻到来，明天一大早他就要去打仗。

　　这是四月中旬，北宁和洪哈刚刚被攻克。东京湾里最近不会有大规模行动，而援兵的人数不足，因此便从舰艇上抽调可抽调的人员来补充已登陆的水手连。西尔韦斯特早已厌烦了巡航和封锁，刚刚和另外几个人被指定去补充水手连里的空缺。

　　不错，此刻人们在谈和平，但某种迹象告诉他们，他们登陆后还来得及放几枪。他们收拾背包，做好准备，向人告别，然后整个傍晚就在留下的人们中间走走，感到自己比他们伟大而自豪。每个人都以自己的方式表示对上前线的感想，有些人表情沉重，似乎在沉思，另一些人则口若悬河地谈个不停。

　　西尔韦斯特没有说什么话，他将等待的焦急藏在心头。只有当别人注视他时，他那含蓄的轻轻微笑才表明："是的，我也要走，明天早上走。"他对战争，对火线只有模糊的概念，但它们使他着迷，因为他属于英勇的种族。

……陌生的笔迹使他为哥特担心，他努力靠近舷灯，想看清楚来信。周围那些人光着上半身，拥挤不堪，炮舱里热得透不过气来，在这种条件下看信可真不容易……

如他所料，信一开始，伊芙娜奶奶就解释为什么不得不请一位不善写信的邻居老太太代笔：

亲爱的孩子，这一次我不找你表姐来写，因为她十分悲痛。两天前她父亲突然去世，去年冬天他去巴黎赌钱，把全部家产都赔进去了。现在得卖房子和家具。这里的人谁也没有料到会这样。亲爱的孩子，我想你会像我一样非常难过。

加奥的儿子向你问好，他又和盖尔默船长签了约，还在玛利亚号船上干。今年他们很早就去了冰岛，本月一号就出发了，也就是我们可怜的哥特遭遇不幸的前两天，所以他们还不知道这件事。

亲爱的孩子，你肯定在想，现在一切都完了，我们永远也无法使他们成亲了，因为她必须去工作，来养活自己……

他惊呆了，这些坏消息完全驱散了他去打仗的快乐……

第三篇

1

空气中有颗枪弹在呼啸！……西尔韦斯特马上停住，竖起耳朵……

这是在春天嫩绿、柔软的平原上，平原一望无际，天空灰暗，沉甸甸地压在肩头。

他们是六位武装水手，正在清新稻田中央的一条泥土小道上侦察……

又是一枪！……寂静的空气中又是同样的声音，尖锐而响亮的声音像是长长的吱吱声，使人感到那个邪恶而坚硬的小东西正在那里笔直地飞驰而来，谁撞上它就会送命。

西尔韦斯特生平第一次听见这种声音。向你袭来的枪弹与你射出的枪弹声音不同。射出的枪弹落往远处，声音减弱，听不见了，而擦着你耳朵迅速飞过的枪弹的微微啸声你却听得更清楚……

吱吱，吱吱！枪弹到处飞。水手们立刻站住，就在他们身旁，枪弹钻进水田的泥土里，纷纷像冰雹一样发出干脆、迅速的噼啪声，并且稍稍溅起水花。

他们微笑着相互看看，仿佛这是一场滑稽闹剧，说道：

"中国人！"（对水手来说，安南人、东京人、黑旗人，都与中国人同族。）

他们说"中国人"时，语气中包含着多少蔑视、嘲讽的积怨以及战斗的热情！

仍有两三颗子弹在呼啸，但更贴近地面，像蝗虫一样在草里弹跳。这阵小小的弹雨延续不到一分钟就停止了。广阔的绿色平原又恢复了绝对的宁静，看不见任何动静。

他们六个人仍然站着，四下窥探，观察形势，看子弹是从哪里射来的。

肯定是从那边，从那个小竹林后面射来的，竹林在平原上像是一个羽毛小岛，后面半隐半现的是一些角形屋顶。于是他们奔过去，脚踩在水田的湿土里或是陷了下去或是一步一滑。西尔韦斯特的腿又长又灵巧，因此他跑在前面。

再没有呼啸声了，他们真像做了一场梦……

在世上所有的地方，某些东西总是一模一样，永恒不变的，例如灰蒙蒙的阴天，鲜丽清新的春天草原，因此你会以为这里是法国的田野，几位青年在欢快地奔跑，在玩别的游戏——不是死亡游戏。

他们逐渐接近，竹林更清楚地显示出它那带有异国情调的纤细的枝叶，屋顶的弧线更显得奇异，有些黄皮肤的人藏在竹林后，正探头观察，扁平的脸上流露出恶意和恐惧……突然间他们喊叫着跑了出来，散开成一长排，颤动着，坚决而危险。

"中国人！"水手们又说，仍然带着同样毫不在乎的微笑。

但是，不管怎样，这一次有许多中国人，太多太多了。一位水手转过头，看见身后也有中国人，正从草丛中走出来。

此时此刻，小西尔韦斯特非常漂亮，老奶奶要是看见他如此英武，准会感到骄傲的！

几天以来，他已经变了模样，皮肤晒黑了，声音也变了，仿佛感到自在自如。在最后犹豫的那一刻，被子弹擦伤的水手们几乎准备撤退了——那会使他们全部丧命——但西尔韦斯特却继续朝前走，倒端着长枪面对整整一群人，用枪托向左右扫动、猛击。由于他，形势才得以扭转。这种惊慌失措，这种恐慌，这种我无以名之的，在没有指挥员的小战斗中盲目决定一切的情绪，转到了中国人那边，于是他们开始后撤。

现在结束了，他们在逃跑。六位水手重新装上子弹，不慌不忙地将他们击倒，草地上有一摊摊血迹和倒下的尸体，脑髓流进水田里。

他们低低地弓着腰逃跑，像豹子一样平平地贴着地面。西尔韦斯特在后面追赶，他已有两处负伤，大腿被刺了一刀，手臂上也有一道深深的口子。但他只感到战斗的狂热，一种来自生气勃勃家族的无理性狂热，这种狂热使普通人表现出非凡的勇气并创造了古代的英雄。

被他追逐的一个人转过身来，在绝望的恐惧中向他瞄准。西尔韦斯特站住了，带着蔑视的微笑，高傲地等对方开枪，然后看准射击的方向，微微向左一闪。然而那人在扣扳机时，枪筒也偶然地向左一摆。于是西尔韦斯特感到当胸一击，他还没有感到疼痛就在闪念间明白是怎么一回事。他向后面的水手们转过头去，想像老兵一样说那句惯例的话："我大概是报销了！"他刚奔跑过，此刻张开嘴大口大口地吸气，让肺部充满空气，但他也感到空气正从右胸的一个洞里进入体内，发出可怕的微弱声音，像是破裂的风箱声。与此同时，他嘴里满是血，右侧一阵剧痛，很快地越来越厉害，成为一种无法忍受、难以形容的感觉。

他的身体旋转了两三次，晕头转向，努力在使他窒息的不断涌上来的红色液体中喘息，接着，他重重地倒在泥里。

2

大约半个月后，雨季即将来临，天空越来越阴暗，黄色的东京湾上闷热异常，被送往河内的西尔韦斯特又被转送到下龙湾一艘返回法国的医护船上。

他曾长久地被各种担架抬过，也在救护车上歇过。人们做了力所能及的事，然而，在这种恶劣条件下，他被打穿的那一侧胸部已经积满了水，空气不断地从没有愈合的洞里进来，发出咕噜咕噜的声音。

他被授予军功奖章，并为此高兴过一阵。

他不再是从前那个行动果断、声音洪亮而坚决的战士了。不，这一切都消失了，现在是漫长的痛苦和使人虚弱不堪的发烧。他又成为了孩子，充满了乡愁。他几乎不再说话，也很少回答，声音很小，很轻，几乎听不见。他感到自己伤势很重，离家又那么遥远、遥远，他想到得要多少天，多少天才能回到故乡，他的身体日渐衰弱，能活到那一天吗？……这个可怕的离家万里的念头不断地纠缠他。每当他从几个小时的昏睡中醒来，又感到伤口的剧痛，发烧的躁热，又听见受伤胸口的轻微鼓风声时，这个念头又使他压抑，所以他哀求别人让他上船，甘冒一切危险。

他躺在担架上，抬起来十分沉重。人们在搬运他时，无意中使他剧烈地晃动。

上了这条即将起程的运输船后，人们让他在病室里排列成行的一张小铁床上躺下，于是他从反方向重新开始穿越海洋的漫长航行。不同的是，这次他不能像小鸟一样生活在露天的桅楼上，而是生活在下面沉闷的地方，生活在药品、伤口和痛苦的气味中。

最初几天，踏上归途的快乐使他身体稍稍好些。他可以靠在枕头上坐起来，不时地要人拿来他的水手盒，那是他在潘波尔买的小白木盒，里面放珍贵的物品，有伊芙娜奶奶的信、杨恩的信和哥特的信，有他抄写船上歌曲的本子，还有一本孔夫子的中文书，这是他在抢劫中偶然拾到的，他在书页白净的背面上记下这次远航的简单日记。

然而他的伤势并未好转，从第一个星期起，医生们就断定他肯定会死。

现在离赤道很近，风暴天气极为闷热。运输船在行驶，船上的床、伤员和病人都在震撼，船一直迅速行驶在仿佛在季风转变期的汹涌、翻腾的大海上。

从下龙湾出发以来，已经死了不止一个人，船不得不在返回法国的远程途中将死人扔进深海。许多小床已经空出来了，它们可怜的装载物已经被扔掉。

这一天，在活动的病室里，光线阴暗。由于浪大，人们不得不关上舷窗铁盖，于是这个闷热的病房就更加可怕。

西尔韦斯特的状态更糟了，这是末日。他朝被打穿的一侧斜躺着，用两只手，用剩下的全部力气压着右肺，使里面的水，那种腐烂的液体，不再晃动，尽力用另一只肺呼吸。然而这另一只肺也逐渐感染，于是开始了最后的痛苦。

故乡的种种幻影不断出现在他垂死的脑海中。在闷热的黑暗里，一些可爱或可怕的面孔在他床边俯了下来，他处在连续不断的幻觉中，其中有布列塔尼和冰岛。

清晨，他让人请来神父，这是一位老者，他习惯看见水手死去，但这一次感到吃惊，因为在如此强健的躯体下发现了孩童般的纯真。

西尔韦斯特要求空气，空气，但哪里都没有空气，通风筒送不进空气，护士拿着一把中国花扇不停地给他扇风，但只能搅动他身上不卫生的气味，已经呼吸过上百次，肺部不愿再吸进的讨厌气味。

有时，他感到绝望的狂怒，想从他感到死神来临的床上起来，走到上面露天里，试试重新生活……啊！那些人在船桅的静索上跑动，住在桅楼上！……他用尽全力想走开，但结果只是抬抬头部和衰弱的颈部，就像睡觉时做的那些不完整动作一样。啊！不行，他不行了。他又倒在零乱的床上原有的凹窝中，他已经被死神粘在那里了。这种挣扎使他疲乏，每次过后，他在短时间里失去知觉。

为了使他高兴，人们终于打开了舷窗，这是很危险的，因为大海并不平静。这是傍晚，将近六点钟。铁舷窗打开后，只有光线射了进来，令人目眩的红色光线。在地平线上，在阴沉天空的一条隙缝里，是无比辉煌的夕阳，它那耀眼的光辉照着横向摇摆的船，照着这个摇晃的病室，就像是一根被人摆动的火炬。

空气，没有，没有空气进来，外面仅有的空气没法进来，无法驱散发烧的气味。在这个无边无涯的赤道海面上，只有酷热的湿气和令人窒息的闷热。哪里也没有空气，对喘着大气的垂死者也是这样。

最后的幻象使他十分激动：他的老奶奶正急匆匆地在路上走，表情焦虑不安，令人心碎，不祥的低沉乌云将雨点打在她身上，她正往潘波尔去，海军局找她，要将他的死讯通知她。

他在挣扎，发出嘶哑的喘气声。人们擦着他嘴角的水和血。在临终的扭曲中，水和血大量地从肺部涌了上来。瑰丽的太阳仍然照着他，在西方，仿佛整整一个世界在燃烧，云层也充满了血。从打开的舷窗口射进宽宽一条红光，正落在西尔韦斯特床上，像光环一样将他围在中央。

此刻，在远方的布列塔尼，时近中午，也能看见这个太阳。这是同一个太阳，处于它那无止尽的生命的同一确切时刻。然而它在布列塔尼的颜色却完全不同。它高悬在近蓝色的天空上，用柔和的白光照着坐在门口缝衣服的伊芙娜老奶奶。

在冰岛现在是清晨，在这同一个死亡时刻，太阳也出现了。它更为苍白，仿佛只是因为使劲倾斜了一下才露出了面孔。它在玛利亚号漂流的峡湾里凄凉地发着光，天空现在充满了极北边的纯净，使人想到没有空气的、冷却了的星球。它用冰冷的清晰线条勾划出冰岛这堆乱石的细致轮廓。从玛利亚号看去，这整个地区仿佛都贴在一个平面上，竖在那里。

杨恩在船上，也被这稍稍奇异的光照着，在月球般的景象中像往常一样钓鱼。

当从舷窗射进的那一道红光熄灭时，当赤道的太阳完全消失在金黄色水中时，人们看见这位临终孙儿的眼睛朝上翻，朝额头翻，仿佛要消失在头脑里。于是人们抚下他睫毛长长的眼皮。西尔韦斯特又变得英俊而安详，像是一尊平躺的石像……

<h2 style="text-align:center">3</h2>

因此，我情不自禁地要讲讲西尔韦斯特的葬礼，它是由我亲自在新加坡岛主持的。在这次航行的头几天里，有不少死者被扔下海，船已经驶近这块马来亚的陆地，于是人们决定将西尔韦斯特的尸体再保留几天，将它葬在马来亚。

葬礼是在清晨，一大早，因为阳光令人难以忍受。小艇载着尸体，上面覆盖着法国国旗。我们靠岸时，这个奇怪的大城市还在沉睡。领事派来的一辆小货车在码头上等我们，我们将西尔韦斯特和在船上做的木十字架放了上去。十字架是赶制的，上面的漆还没有干，他名字的白漆在黑色底木上往下淌。

太阳升起时，我们穿过这个语言混杂的巴别塔。在肮脏而拥挤的中国区旁边，就是宁静的法国教堂，我们不免十分激动。高高的白色殿堂里只有我和我的几位水手，一位传教的神父唱起

Diesiroe[1]，仿佛在轻轻念诵具有魔力的咒语。从开着的门向外看，隐约看见迷人的花园、美丽的青翠草木和巨大的棕榈叶，风吹动了鲜花盛开的大树，胭脂红的花瓣像雨点一般洒落下来，一直落进教堂。

然后我们便去很远处的墓园。这支小小的水手队伍人并不多，棺材上始终覆盖着法国国旗。我们必须穿过中国区，这是黄种人麇集的世界，然后穿过马来人、印度人的郊区，各种亚洲面孔都用惊奇的目光看着我们走过。

接着便是田野，它已经热起来了。翅膀呈蓝绒色的美丽的蝴蝶在荫凉的小路上飞舞。鲜花和棕榈树十分繁茂，赤道的生命力在展示它的全部辉煌。最终到了墓园，里面有中国官吏的坟墓，上面刻着五颜六色的文字、龙和魔鬼的图像，此外园中还有令人惊异的叶丛和从未见过的植物。我们将他埋在一个像因陀罗[2]花园的角落，在墓上树起头天夜里赶制的小小的木十字架，上面写着：

西尔韦斯特·莫昂
十九岁

太阳越升越高，我们必须赶紧走，便离开了他，但不时回头看他，看被神奇树木和大朵鲜花所覆盖的他。

---

1 拉丁文，天主教为死者唱诵的经文头两个字，可译为"可怕的一天"。此经文现在已很少用。
　——译注
2 印度教中最高的天神。——译注

4

运输船继续航行，穿越印度洋。在下舱的水上医院里，还有些痛苦被关在那里，但在甲板上只有健康、青春和无忧无虑。在四周的大海上是纯净空气和阳光的盛会。

在晴朗的信风天里，水手们躺在船帆的阴影里逗鹦鹉玩，让它们跑一跑。（它们来自新加坡，那里向过路的海员出售各种驯化的动物。）

他们都挑了些鹦鹉幼仔，因为它们那张鸟脸上有几分稚气，它们还没有长尾巴，但已经是绿色，啊，极漂亮的绿色。它们的爸爸妈妈都曾经是绿的，因此它们很小就在不知不觉中继承了这个颜色。它们被放在干干净净的甲板上，很像是从热带树上飘下的新鲜叶子。

有时人们将它们聚在一起，于是它们滑稽可笑地相互观察，前后左右地转动脖子，仿佛要从不同的角度端详。它们走动起来像瘸子，可笑地轻轻扭动，突然间快了起来，急于回到我们不知道的什么故乡，有些鹦鹉便跌倒了。

然后是长尾猴系着转圈，这是另一种娱乐。有些母猴受到深情爱抚，热情亲吻，蜷缩在主人坚硬的胸脯上，一面用半滑稽半感人的女人目光看着他。

敲三点钟时，文书们将两个布袋拿上了甲板，上面写着西尔韦斯特的名字，袋口是用大红蜡盖印封上的。按照有关死人的条例，这是拍卖，将死者的全部衣服，他在世时所拥有的全部物品拍卖。水手们兴致勃勃地围了过来。在医疗船上，这种成袋衣物的拍卖是司空见惯的事，他们毫不激动。何况这条船上的人不太熟悉西尔韦斯特。

买主们将西尔韦斯特的短工作服、衬衫和蓝条汗衫摸摸拍拍，翻过来看看，出一个价就拿走了，为了好玩他们往往比着抬价。

轮到那个神圣的小盒了，定价为五十苏。里面的信和军功奖章已经拿出来了，将来交还给家属，但还剩下孔夫子的书、针线纽扣以及伊芙娜奶奶事先准备好的缝补用的各种小东西。

展示拍卖品的文书接着拿出两个小佛像，它们来自一座宝塔，是给哥特的礼物。佛像的姿势很滑稽，因此当它们最后出现时引起一阵大笑。海员们大笑并不表明他们没有感情，仅仅是因为他们不假思索而已。

最后拍卖的是口袋，买主立刻把口袋上的名字划掉，换上他自己的名字。

事后，人们仔细地打扫现场，把从口袋里掉下的尘土或线头从干净的甲板上清除掉。

然后水手们高高兴兴地回去玩鹦鹉和猴子了。

5

六月份上半月的一天，老伊芙娜回家时，邻居们告诉她，海军军籍局的专员曾派人来找她。

当然，这是与孙儿有关的事，但她丝毫不害怕。海员的家庭常常要和军籍局打交道。她当过海员的女儿、妻子、母亲和祖母，认识这个军籍局快六十年了。

这大概是关于她的代理委托书，或者也许是要代领从西尔塞号扣除的一小笔钱。她知道去见专员先生时应该衣着整齐，所以梳洗了一番，穿上漂亮的衣裙，戴上白帽，两点钟时便动身了。

她在悬崖边的小路上迅速地迈着碎步，朝潘波尔走去，她思忖了一下稍稍感到不安，因为她已经有两个月没有收到信了。

她遇见了那位老情人，他仍然坐在门口，自寒冷的冬天以来就十分衰弱。

　　"怎么样？……您什么时候愿意都行，您知道，不用客气，美人！……（仍然是他念念不忘的木板衣裳。）"

　　六月的晴朗天气在她四周微笑。在多石的山坡上仍然只有开着金黄花朵的矮荆石，但是一来到不受海风吹打的洼地，就能看见美丽而新鲜的一片翠绿，开花的英国山楂树围篱，散发出香味的蒿草。但她看不见这一切，她已经那么老了，一瞬即逝的季节在她心中堆积起来，如今像每天一样短促……

　　在摇摇欲坠、墙壁灰暗的小村庄周围长着玫瑰、石竹、紫罗兰，就连蒙着青苔的高高的茅草屋顶上，也开着上千朵小花，引来了第一批白蝴蝶。

　　在冰岛人的家乡，这个春天几乎是没有爱情的。高傲种族的漂亮姑娘们神色迷惘地站在门口，棕色或蓝色的眼睛仿佛将目光射向可见物体之外很远、很远的地方。她们所期盼的、并为之忧伤的年轻人正在最北面的海上进行大规模捕鱼……

　　但这毕竟是春天，温暖、美妙、撩人的春天，蝇子轻轻地嗡嗡飞，新生植物散发出香气。

　　这没有心灵的一切继续对老奶奶微笑，她走得很快，等待她的是最后一个孙儿的死讯。她接近了这个可怕的时刻：她将得知在遥远的中国海上曾经发生的事。她匆匆赶去接受噩耗，这正是西尔韦斯特临终时猜到的，他为此焦虑地流出了最后的眼泪：他亲爱的老奶奶被叫到潘波尔的军籍局，被告知他已经死了。他曾清清楚楚地看见她在这条路上走，身体直直地走得很快，戴着棕色小披巾和大帽子，还撑着伞。这个幻景曾使他坐了起来，心如刀割，痛苦地蜷起身子，那时赤道上巨大的红日正在辉煌地西沉，阳光从病室的舷窗射了进来目睹他死去。

不过，在他最后的幻影中，这位可怜的老妇人是在雨下赶路的，而现在却正相反，这是带几分嘲弄的晴朗的春天……

她走近潘波尔时，更感到不安，走得更快。

她走进了这座灰灰的城市，走进了被太阳照着的石头小街，向坐在窗前、与她同龄的老太太们打招呼。她们感到奇怪，说道：

"今天又不是星期天，她穿着星期天的衣服，匆匆忙忙上哪里去呀？"

军籍局的专员先生不在家。他的办事员，一个十五六岁的、奇丑无比的小矮个子坐在办公桌前。他不够资格当渔民，便稍稍接受了教育，在这同一把椅子上打发时光，戴着黑袖套抄抄写写。

她报了自己的姓名，于是他神气十足地站起来，从一个档案夹内取出几张印花公文纸。

这么多纸……这是什么意思？证书、打上印章的公文、被大海弄黄的水手簿，这一切都仿佛散发出死亡的气息。

他将它们摊在可怜的老妇人面前，她开始发抖，头昏眼花，因为她认出了由哥特代笔给孙儿写的两封信，它们原封不动地退回来了……二十年前，儿子彼埃尔死时也是这样：信从中国退了回来，由专员先生转交给她……

他现在用一本正经的声音念道："让－玛丽－西尔韦斯特·莫昂，于潘波尔注册入伍，军籍册第二一三页，军籍号二〇九一……十四日在边奥舰上去世……"

"怎么？……他出了什么事，亲爱的先生？"

"去世了！……他去世了。"他又说。

老天爷，这位办事员大概并不是恶人。他如此粗鲁地说这件事多半是因为缺乏判断力和发育不全的矮子的愚钝。看到她不明白这个漂亮字眼的意思，他便用布列塔尼话说：

"他死了！……"

"他死了！……"

她重复他的话，苍老的声音在颤抖，就像一个可怜的、嘶哑的回声重复一句无关紧要的话。

这正是她隐隐约约猜到的，但她只是颤抖，而现在这成了事实，却似乎没有触动她。首先，由于年龄大了，特别是从去年冬天以来，她受苦的能力的确变得迟钝了。痛苦不能立刻袭来。其次，此刻有某个东西在她脑子里翻倒过来，她把这次死亡与其他多次死亡混同起来了，因为她失去了那么多儿子！……必须过一刻钟她才明白这次是她最后的、最亲爱的孙子，她在他身上寄托了全部祈祷、全部生命、全部期望、全部思想，而由于阴沉的第二童年的逼近，她的思想已经变得模糊不清……

她也羞于在这个令她厌恶的矮个子先生面前流露出绝望。难道应该这样将孙儿的死讯通知奶奶吗！……她仍然站在桌前，身体僵硬，用洗衣妇那双可怜的、龟裂的老手扭弄着棕色披巾的流苏。

她感到离家多么遥远！……天哪，她得走这么长的路，体体面面地走这段路才能回到茅屋，她想立刻躲进茅屋，就像受伤的动物躲进洞穴等待死亡一样。正是因为这个，她努力不去多想，不去弄明白，漫长的归程把她吓住了。

人们给她一张付款通知，让她作为继承人去领取西尔韦斯特衣物的售款三十法郎，还有信件、证书和装着军功奖章的盒子。她笨拙地接下这一切，手指始终张着，将东西从这只手换到那只手，找不着衣袋装进去。

她愣愣地穿过潘波尔，和谁也不打招呼，身体稍稍前倾，仿佛要跌倒了，血液在耳边鸣响。她拼命加快脚步，就像一部已经很老的、可怜的机器被上了发条做最后一次全速运转，即使发条断了也在所不惜。

到第三公里时，她已精疲力竭，弓着腰走。她的木鞋时不时地碰着石头，使她的头脑感到痛苦的巨大撞击。她急于躲进家里，她害怕跌倒，害怕被人抬回去……

6

老伊芙娜喝醉了！

她跌倒了，顽童们追在她后面。这正是在普卢巴兹拉内克镇的入口处，沿着大路有许多房子。但是她努力站了起来，拄着拐杖一瘸一拐地逃走了。

"老伊芙娜喝醉了！"

几个孩子放肆地走过来，当面嘲笑她。她的帽子变得歪歪斜斜。

有些孩子其实心眼并不太坏，当他们走近这张绝望而衰老的苦脸时，感到震惊和悲伤，不敢再说什么，散开了。

她回到家中，关上门，发出一声使她窒息的悲痛的喊声，倒在墙角里，头靠在墙上。帽子已经滑到眼睛上，她将它扔在地上——她从前是多么爱惜这顶可怜的漂亮帽子，她那件最后的星期日裙衣已经肮脏不堪，一绺细细的略带黄色的白发从束发带下滑落，完全是一副邋遢的穷女人的模样……

7

哥特在傍晚来打听消息，看见老奶奶头发蓬乱，垂着两手，头靠在石墙上，像孩童一样哭丧着脸，发出咿咿咿咿的哀号。她几乎哭不出来。太老的奶奶的眼泪都哭干了。

"我的孙儿死了！"

于是她将信件、证件、奖章扔到哥特膝上。

哥特迅速浏览了一下，明白这是真的，便跪下祈祷。

这两个女人几乎默默无言地待在那里，共同度过这个六月份的黄昏，它在布列塔尼是很长的，在冰岛则是没有止尽的。在壁炉里，往往带来好运的蟋蟀仍然为她们奏出尖细的音乐。暮色微弱的黄光从天窗进入莫昂家族的这座茅屋，大海把他们都夺走了，这个家族现在消失了……

最后，哥特说：

"亲爱的奶奶，我过来和您住在一起，我把给我留下的那张床搬过来，我会看护您，照料您，您不会孤独一人的……"

她为小朋友西尔韦斯特哭泣，但是在悲痛中，她感到自己在不由自主地为另一个人分心，就是那个再次出发去捕鱼的男人。

这个杨恩，我们将把西尔韦斯特的死讯告诉他，恰好捕鲸船正要出发。他会流泪吗？……可能会，因为他很爱他……她一面哭，一面为这件事担心，有时对这位狠心的小伙子感到气愤，有时想起来又充满柔情，因为他也即将经受这个痛苦，痛苦会使他们相互接近，总之，她心中充满了杨恩……

8

　　八月份的一个苍白的黄昏，将兄弟的死讯通知杨恩的那封信终于到达冰岛海上的玛利亚号。经过白天的艰苦工作，他极为疲劳，正准备下去吃饭睡觉。他困得睁不开眼，在下面阴暗的小舱里，借着小灯的昏黄灯光读信。他的第一个反应是无动于衷，糊里糊涂，仿佛不明白是怎么回事。出于自尊，他在涉及感情的事情上十分内向，便一言不发地把那封信藏在蓝毛衣里，紧贴着胸口，海员们都是这样做的。

　　然而，他没有勇气和别人一同坐下来喝汤，甚至也不屑于向他们解释原因，他倒在床铺上，立刻睡着了。

　　很快他就梦见西尔韦斯特死了，梦见人们在为他送葬，在走……

　　近午夜时，他仍然能看见这个葬礼，但他处于海员所特有的精神状态——在睡眠中也能意识到时间，感到该被唤醒去值班了，于是他想道：

　　"我在做梦，幸好他们会叫醒我，这一切都将消失。"

　　然而，当一只粗糙的手搭在他身上，一个声音在说："加奥！快起来换班！"时，他胸前发出了纸张的窸窣声，这个不吉利的、轻轻的音乐证实了死亡的真实性。哦！对了，那封信！……这么说，是真的了！他感到一阵悲伤和痛苦，突然醒过来，急匆匆地站起身，宽大的额头撞到了梁木上。

　　然后他穿上衣服，推开舱口，去到上面钓鱼……

9

　　杨恩上到甲板，用刚刚睡醒的眼睛环顾四周，环顾他熟悉的大圆形的海洋。

　　今天夜里，浩瀚的海面显得惊人的单纯，颜色平淡，给人以深邃的感觉。

　　这个地平线并不标明地球上任何确切的地区，甚至也不标明任何地质年代，从创世以来，它大概始终是这样，因此当你注视它时，你仿佛什么也没有看见，除了"存在"的并且不能不"存在"的物体的永恒性以外。

　　这并不是绝对的黑夜，一种不知来自何处的余光发出微弱的光线。像往常一样，有一种毫无目的的、低低的哀怨声。四面是灰色，模糊的灰色，你一定睛看，它便逃走了。大海在神秘的休息和睡眠中隐藏在无以名之的审慎颜色之下。

　　天上是散乱的乌云，呈现出各种形状，因为在黑暗中物体不可能没有形状。乌云几乎交混在一起，形成一张大帆。

　　然而，在天空的一处，接近水面的低低的一处，乌云虽然遥远，却形成十分清晰的斑纹，仿佛是被一只漫不经心的手勾画出的朦胧的图案，它是偶然拼凑的，并不为了让人看，它是短暂的，随时会消失。在这个大整体中，只有它似乎意味着什么，仿佛上面刻着这一片虚空的难以捉摸的阴郁思想。眼睛最后会不自觉地盯住它。

　　杨恩那双灵活的眼睛慢慢适应了外面的黑暗，便更加注视天空中那唯一的斑纹，它的形状像是伸出两臂跌倒的人。现在他开始看见这个假象，仿佛它是一个放大的、因来自远方而变得巨大的人影。

接着，在他交织着难以描叙的梦境与原始信仰的想象中，这个在黑暗天空尽头崩溃的、凄凉的影子渐渐和他对死去兄弟的思念混杂起来，仿佛这是兄弟的最后一次显现。

他习惯于古怪的形象联想，就像孩童小时脑中的联想一样……

而无论怎样模糊的字词，都过于精确，无法表达这种事。需要的是有时在梦中使用的语言，醒来时只记得神秘的片断，再没有任何意义了。

他凝视着这块云，逐渐感到一种夹杂着焦虑的深深的悲伤，悲伤中充满了对未知事物的神秘感，使他的心灵冻结。他现在比刚才明白多了，知道他可怜的小弟弟不会再出现，永远不会再出现。悲痛在长久地撞击他心灵的坚固厚皮以后，终于一泄而入，充溢于他心中。他又见到西尔韦斯特那温柔的面容和孩童般的善良眼光。他想到吻抱他，这时眼睑下突然不由自主地落下什么东西，像是帷幕，最初他不知道这是什么，因为在他这个男人的一生中从未掉过泪。然而眼泪继续沉重地、迅速地滚落在两颊上，接着他那厚厚的胸部一起一伏地抽噎起来。

他继续很快地钓鱼，不浪费时间，也不说一句话，另外两个人在寂静中听着他，但假装听不见，惟恐惹恼他，他们知道他十分内向，自尊心很强。

在他的思想中，死亡是一切的结束……

有时，出于尊重，他也参加为死者祈祷的家庭聚会，但他决不相信灵魂永存。

海员们在聊天时，也都这样说，语气简短而有把握，好像这是众人皆知的事，但他们仍然模模糊糊地害怕幽灵，模模糊糊地害怕坟地，极为相信保佑人的圣徒和圣像，对教堂周围的圣地怀着天赋的崇敬之情。

因此，杨恩害怕自己也被大海夺走，仿佛这是更大的毁灭。他想到西尔韦斯特留在了那边，留在地球另一面的遥远土地上，心中的悲伤就更为绝望，更为阴沉。

他不理会别人，尽情地哭了起来，仿佛他是独自一人，并不感到难为情。

在外面，虽然还不到两点钟，空间已慢慢发白，似乎在扩展，扩展，变得更巨大，而且可怕地深陷下去。在这种初生的曙光下，眼睛睁得更大，精神更活跃，它能更好地想像那无边无涯的远方，可见的空间的边界在向后撤，不断后撤。

光线十分苍白，但越来越强，仿佛是细细地喷射出来，轻轻地摆晃出来的。永恒的物体变得明亮、透明了，似乎有几盏发出白色火焰的灯慢慢地在无定形的灰色乌云后面升了起来，谨慎小心、神秘兮兮地升了起来，免得扰乱处于休息中的郁闷的大海。

在地平线下的那个白色的大灯就是太阳，它有气无力地在那里慢慢挪动，然后才能升到海水上空，继续从一大早就开始的缓慢而寒冷的行程……

这一天，哪里都看不见玫瑰色的曙光，一切都显得灰白、阴郁。而在玛利亚号上，一个男人在哭泣，大个子杨恩……

这位孤僻兄长的眼泪，船外那一片凄凉，这就是在冰岛海上对那位可怜的无名小英雄的悼念，他曾在这片海上度过了半生……

天色大亮时，杨恩粗鲁地用毛衣袖子擦擦眼睛，不再哭泣。结束了。他仿佛又完全投身于捕鱼工作和眼前真实事物的单调节奏中，什么也不想。

何况鱼儿纷纷上钩，两只手臂也不够用。

在渔夫们周围浩瀚一片的背景上，又出现了新的变化，清晨的那个无限扩展的壮观结束了，相反，远方似乎在收缩，在他们身边合拢。刚才怎么会看见浩瀚无边的大海呢？地平线现在近在咫尺，人们仿佛缺少空间。空洞中渐渐充满了飘动的纤细纱幕，有一些比水气更朦胧，另一些的形状几乎可见，仿佛带着流苏。在一片静寂中，它们像没有重量的白色细布一样垂落下来，从四面八方同时垂落下来，迅速将下面紧紧罩住。看到可呼吸的空气被如此阻隔，人们感到气闷。

这是八月份的第一场雾。在几分钟内，裹尸布变得厚密，无法被穿透。在玛利亚号周围，人们看到的只是漫射光下湿润的苍白一片，就连船上的桅杆也似乎消失在苍白中。

"可恶的雾这下子可来了。"人们说道。

他们早就结识了捕鱼第二阶段的这位无法避免的伴侣，但这也预示着冰岛捕鱼季节即将结束，该启程回布列塔尼了。

纤细而晶莹的雾珠落在胡须上，使棕色皮肤闪着湿润的光泽。人们在船头船尾相互注视时，像幽灵一样十分模糊，相反，近处的物体在这种发白的淡光下轮廓则更鲜明。人们避免张嘴呼吸，寒冷和潮湿的感觉透入肺腑。

与此同时，捕鱼的速度越来越快，人们不再说话，因为鱼太多了，时时都能听见大鱼被扔到甲板上，还带着鱼线抽动的声音。鱼在疯狂地扭动，用尾巴撞击甲板上的木头、海水以及鱼挣扎时掉落的银色细鳞溅得哪里都是。用大刀给鱼开膛的那位水手，匆忙间割破了手指，殷红的血与盐水掺和在一起。

10

这一次，他们被浓雾困住，一连十天，什么也看不见。捕鱼仍然很顺利，人们十分忙碌，没有时间感到无聊。每隔一段时间，一位海员定期吹号角，发出野兽嚎叫的声音。

有时，从船外，从白雾深处传来另一个遥远的号角声，这是对他们的回答。于是人们更加警惕。如果那个声音越来越近，他们都竖起耳朵朝这个陌生的邻船张望，他们大概永远也看不见它，但它的出现却是一个危险的信号。他们对它作种种猜测，这成了一种工作，一种交往。他们很想见见它，努力使眼光穿透悬在空中各处的那些无法触摸的白纱。

接着它走远了，号角的嚎叫声消失在低沉的远方。玛利亚号又独自留在寂静中，留在一动不动、无边无际的雾气中。一切都浸满了水，一切都流淌着盐和盐水。寒冷更为刺骨，太阳在地平线下不慌不忙地慢慢挪动，一两个小时的真正的黑夜已经过去了，它灰色的末端既阴森又冰凉。

每天早上他们都要用铅块探测水深，惟恐玛利亚号离冰岛太近，然而船上所有的鱼线结在一起也碰不到海底，这么说他们的确是在辽阔的大海上，在深海区。

生活既健康又艰苦。更加凛冽的寒冷增添了黄昏时分的舒适。他们下到用巨大橡木做成的舱室里吃饭或睡觉时，感到舱室十分温暖。

在白天，这些比僧侣更为封闭的人很少交谈。每人举着鱼竿，原地不动地坐上好几个小时，只有两只手臂忙于不停地钓鱼，他们相隔不过两三米，但最后谁也看不见谁。

宁静的雾，白色的阴暗使他们昏昏欲睡。人们一面钓鱼，一面给自己唱支家乡的小曲，声音低低的，惟恐吓跑了鱼群。思想越来越迟钝、越稀疏，仿佛膨胀了，期限拉长了，以填满时间，免得留下空洞，免得为非存在留下空隙。天已经很冷，他们不再想女人，而是像睡眠中一样梦想一些支离破碎或无比美妙的事物，这些梦像雾一样松散……

多雾的八月份常常以这种凄凉而平静的方式结束每年的冰岛渔季。否则就是充实饱满的体力生活，它使海员们的胸部鼓起，筋肉更为坚硬。

杨恩很快就恢复了习惯的生活，仿佛他的悲伤已经消失。他仍然警觉而敏捷，无论是掌船还是钓鱼都十分灵敏，像无忧无虑的人一样从容洒脱，而且在他高兴的时候——这种时候并不多——流露感情。他总是高高地扬起头，一副既冷漠又高高在上的神气。

晚饭时，人们坐在被那尊陶制圣母像保佑的简陋隔室里，拿着大刀面对热腾腾的美味食物时，杨恩偶尔也会像从前一样，对别人讲的滑稽故事大笑。

内心深处他也许还在稍稍关心那个哥特，西尔韦斯特在临终时大概还念着要他娶她吧。她现在是孤苦伶仃的可怜人了……也许对兄弟的悼念仍然存在他内心深处……

然而，杨恩的心是一片处女地，它不易控制，又鲜为人知，那里发生的事是不向外透露的。

11

一天清晨，将近三点钟时，他们正在裹尸布一般的雾里平静地钓鱼，突然听见他们不熟悉的、奇异的谈话声。甲板上的人相互看看，用眼神相互询问：

"谁在说话？"

不，没有人。谁也没有说话。

确实，声音仿佛是从船外的空虚中传来的。

于是那位负责吹号角，自昨晚上就玩忽职守的人赶紧抓起号角，用全部力气吹出长长的嚎声告警。

在寂静中，这个声音已经使人胆战心惊了。然而，正相反，响亮的号角声仿佛召来了幽灵，一个意想不到的、灰蒙蒙的庞然大物出现了，高高耸立在他们身边，充满了威胁。桅杆、横桁、缆绳，空中出现了一艘船的图形，它像令人害怕的魔影一样突然间全部显现，被一束光投射到张开的纱幕上。还出现了一些人，近在咫尺，他们在船沿上俯下身，用从梦中惊醒的、充满恐怖的大眼睛瞧着渔民。

渔民们抓起船桨、备用的桅杆、带钩的篙，甲板上所有坚固的长东西，将它们伸向船外，不让那个朝他们逼近的东西和人靠近。对方也一样惊慌失措，伸出长棍将渔船推开。

然而，他们头上的横桁只发出轻轻的爆烈声，桅杆钩住了一会儿，但立刻完好无损地分开了，在平静海面上的这次轻轻的撞击被全部缓解。撞击如此轻微，仿佛那艘船没有体积，像一个几乎没有重量的软东西……

惊恐过去了，人们笑了起来，他们相互认识：

"喂！是玛利亚号？"

"喂！加奥·洛麦克·盖尔默！"

这个幽灵是贝尔特皇后号，船长拉伏埃也是潘波尔人。水手们都来自附近的村庄。那个满脸黑胡须、笑起来露出牙齿的大个子叫凯尔热古，是普卢达尼埃尔人，其他人来自普卢内斯或普卢内兰。

"你们这帮野人，为什么不吹号角？"贝尔特皇后号上的拉伏埃问道。

"那你们呢，你们这帮海盗、海贼、海上的祸害？……"

"啊，我们……可不一样。我们被禁止出声。"（他说这话时似乎暗示着某个隐晦的秘密，还带着古怪的微笑，玛利亚号的人后来常常想起这个微笑时还迷惑不解。）

他仿佛说得太多了，最后开个玩笑：

"我们的号角嘛，是这个小子把它吹破了。"

他指着一位面孔像海神的水手，他的脖子和胸部都十分宽厚，过于宽厚，而腿很短，这畸形的强壮中有种滑稽的和令人不安的东西。

人们彼此瞧着，交谈起来，一面等着海风或海底的某个潮流将两艘船分开，使其中一艘比另一艘走得更快。他们都靠在左舷上，用长木头使对方不能靠近，就像是拿着长矛的被围困者。他们谈着家乡的消息，谈着刚由巡洋舰带来的信，谈论着年老的亲戚和女人。

"我呀，"凯尔热古说，"我老婆说她刚刚生了一个孩子，那是我们盼望的，这下子就凑成一打了。"

另一个人添了一对双胞胎，第三个人说漂亮的雅妮·卡罗夫——冰岛人对她都很熟悉——马上要嫁给普卢里伏镇上某个有残疾的阔绰老头。

他们仿佛隔着白纱相望，声音似乎也变了，显得窒息和遥远。

这时，杨恩盯着一个已经有点见老的矮个子，他肯定从未见过这人，但这人刚才却立刻和他打招呼："你好，大杨恩！"似乎和他相当熟悉。他像猴子一样丑得令人难受，锐利的眼睛在充满恶意地眨动。

"我哩，"贝尔特皇后号上的拉伏埃又说，"人家告诉我普卢巴兹拉内克那位老伊芙娜·莫昂的孙子死了,你们知道,他是在中国舰队服役的,真是可惜!"

玛利亚号的人听见这话,转头看着杨恩,看他知不知道这件不幸的事。

"我知道,"他低声说,表情冷漠而高傲,"我父亲在上封信里说过。"

他们都瞧着他,好奇地想了解他的悲伤,这使他很反感。

这次奇怪的见面一分钟一分钟地过去,他们隔着苍白色的雾匆匆交谈。

"我妻子还说,"拉伏埃继续说,"梅维尔先生的女儿离开城市住到了普卢巴兹拉内克,好照顾她的姨婆老莫昂奶奶。她现在在外面做日工来养活自己。我一直认为,尽管她有小姐的派头和那些装饰品,她毕竟还是一个正直的、有胆量的姑娘。"

人们又瞧着杨恩,使他极为不快,金棕色的面颊上出现了红晕。

对哥特的这番评价结束了与贝尔特皇后号的谈话,此后谁也没有再见到这艘船。片刻以后,这艘船上的人影变得模糊,因为船离得远了,突然间,玛利亚号上的人感到长木头末端再没有东西了,再没有什么可以推开了。他们所有的木头、桨、桅杆或横桁都在空虚中晃动寻找,然后纷纷沉重地落进大海,像死去的长手臂一样。于是他们收回这些无用的防御工具。贝尔特皇后号重新沉入浓雾中,突然间完全消失,就像透明纸上被灯照出的图像一样,灯一吹灭,图像立即消失。他们试图呼唤它,但没有回答,只有一种多声部的、嘲讽式的嘈杂声,最后变为呻吟,使他们惊奇地面面相觑……

这艘贝尔特皇后号没有和其他的冰岛人一同返航。萨缪尔-阿泽尼德号的人曾在一个峡湾里遇见了不容怀疑的残片(船尾的环形装饰和船的一截龙骨），因此人们不再等待贝尔特皇后号了。从十月份起，所有船员的名字便都写在了教堂的黑色牌位上。

然而，玛利亚号上的人清楚地记得那条船最后露面的日期，从那时起到归航期，冰岛海上并没有出现危险的恶劣天气，相反，在那以前三个星期，狂暴的西风曾经卷走了好几位海员和两艘船。人们想起了拉伏埃的微笑，将事情凑到一起便产生了种种猜测。夜里杨恩不止一次地又看见那个像猴子一样眨眼的水手。玛利亚号上有几个人恐惧地琢磨那天早上和他们交谈的莫非是死人。

12

夏天在逝去，八月底，开始出现了清晨的雾，与此同时，冰岛人返航归来。

三个月以来，那两个被遗弃的女人住在一起，住在普卢巴兹拉内克莫昂家的茅屋里。在已故海员的这个可怜的窝里，哥特担任了女儿的角色。她把出售父亲房屋以后所剩下的一切统统运到这里来了，其中有她那张漂亮的、城市式样的床和五颜六色的漂亮裙子。她自己做了一件样式更简单的黑裙衣，像老伊芙娜一样戴着只有褶子装饰的厚布帽，作为服丧。

每天她都去城里的有钱人家做针线活儿，夜里才回来，路上并不受任何追求者的干扰，因为她始终有几分高傲，受到小姐般的尊重。小伙子们向她打招呼时，像从前一样，手举到帽沿。

在美丽的夏日黄昏，她从潘波尔回来，沿着悬崖大路走，一面呼吸令人舒畅的海洋新鲜空气。针线活儿还没有使她变形——不像那些一辈子侧身弯腰做针线活儿的女人——她瞧着海，将祖上传下的美丽而柔软的身材挺得直直的，她瞧着海，瞧着远洋，在那尽头是杨恩……

这条路也通往他家。稍稍再往前，朝那个石头更多，更被海风吹打的地区走去，就到了波尔－埃旺。那里的树上长满了灰色的苔藓，树在石缝中生长，很矮很小，并且顺着来自西方的狂风倒向一边。她大概永远也不会再去波尔－埃旺了，虽然它离这里不到一法里。然而她这一生中曾去过一次，这就足以使这条路具有魅力了。再说杨恩肯定常常走这条路，她从门口就能看着他在光秃秃的荒原上，在矮矮的荆豆中间来来往往。因此她爱普卢巴兹拉内克这整个地区，她几乎高兴命运将她抛在这里，要是在其他地方，她是没有能力继续生活的。

在八月底的这个季节，热带地区的疲惫似乎从南方移到了北方。有些夜晚十分明亮，别处的大太阳的反光一直来到了布列塔尼海面，久久不离去。空气常常是清澈而宁静，哪里都没有一丝云彩。

在哥特回家的这个时刻，物体在黑夜前融化在一起了，开始聚合成图影。这里那里，一束荆豆在高处的两块石头中伸出来，像是羽毛耸立的翎饰，几株弯曲的树在洼地里形成阴暗的一团，或者，在别处，某个草顶屋的小村庄在荒原的上空隆起成参差不齐的小驼背。在交叉路口守卫田野的古老基督像在十字架上伸出黑黑的手臂，仿佛是真人在受酷刑。远处的英法海峡像黄色的大镜子一样被衬托出来，它背后的天空下端已经变暗，靠近地平线处已经很黑了。在这个地方，就连这种宁静，就连这种晴朗的天气也是忧郁的。不安的气氛始终笼罩着一切物体，这种焦虑来自大海，有这么多生命托付给它，而它的永恒威胁仅仅是暂时入睡了。

哥特一面走一面想，从不觉得穿过旷野回家的这段路有多么远。空气中有沙滩的咸味以及在崖上瘦弱的荆棘中生长的某些花的香味。

要不是伊芙娜奶奶在家里等她，她真愿意在这些荆豆小径上多多留连，就像漂亮的小姐在夏夜的花园里浮想联翩一样。

在走过这地区时，她也回想起一些童年往事，但它们现在变得多么模糊、遥远，被她的爱情冲淡了！不论怎样，她愿意把杨恩看作是未婚夫，一位她永远也得不到的、不可捉摸的、傲慢和孤僻的未婚夫，而她坚持要在思想上对他忠诚，而且不要告诉任何人。目前她高兴地知道他在冰岛，在那里至少大海用它深深的禁区将他为她保留，他不可能把自己交给任何其他女人。

当然不久他就会回来，但她比以前更镇静地看待他的归来。她本能地知道贫穷不会成为她受蔑视的新理由，因为杨恩和别人不一样。再说，小西尔韦斯特的死亡肯定能使他们更接近。他回来后一定会来她们家里，看望朋友的祖母。她决定自己也要在场，那不会有损于庄重。她将显出对往事一笔勾销的样子，和他说话就和早已认识的某人说话一样，甚至自然地带有感情，因为他是西尔韦斯特的兄弟。谁知道呢？现在她在世上孤苦伶仃，也许她能当他的妹妹，这并非不可能吧？依靠他的友谊，要求他的友谊作为支持，向他解释清楚使他不再怀疑她有任何结婚的打算。她认为他只是孤僻，固执地不愿受约束，但是他温和、坦率，能够理解发自内心的善良。

他见到她这么穷，住在这间几乎倒塌的茅屋里会怎么想？……很穷，啊，是的，因为莫昂奶奶身体不好，不能白天去洗衣服，只有寡妇津贴那份收入，她现在的确吃得很少，两人还能凑合活下去，不用求助于任何人……

她到家时天已经黑了。进门以前得走下磨损的岩石，因为茅屋位于普卢巴兹拉内克那条路下方，朝沙滩倾斜的地段上。它几乎隐藏在厚厚的棕色茅草顶下，屋顶两角翘起，就像倒下毙命的巨兽的背，上面有些坚硬的毛。茅屋的墙像岩石一样阴暗和粗糙，上面的青苔和辣根菜形成小簇小簇的绿色。她走上门前三级两端翘起的台阶，扯扯从洞里穿出来的缆绳就拉开了屋内的门栓。进门时，迎面看见的是天窗，它仿佛是在堡垒的厚墙上凿出来的，天窗开向大海，从那里射进最后的淡黄色的光。大壁炉里燃烧着松树和山毛榉芳香的枝条，这是老伊芙娜散步时沿路拾来的。她正坐在那里看着她们简单的晚饭。她在家里只用束发带，好节省帽子。炉火的红光反衬出她那仍然漂亮的侧影。她向哥特抬起眼睛，那双眼睛从前是棕色，现在失去了光泽，有点发青，而且，由于年老，变得昏浊、迟疑、迷惘了。她们每次都说同样的话：

"啊，天哪，亲爱的姑娘，你今天回来得可真晚……"

"不，奶奶，"哥特已经习惯了这句话，轻轻回答说："每天都是这个时候。"

"啊！……我觉得，姑娘，今天比平常晚哩。"

她们吃饭的那张桌子由于长年累月的磨损几乎变了形，但是还像橡树树干一样厚实。蟋蟀每次都要为她们轻轻演奏银铃般的音乐。

茅屋的一侧是雕刻粗糙的板壁，它现在已经完全被虫蛀蚀了。拉开板壁，里面是多层床铺，好几代的渔民曾在这里繁衍和睡觉，衰老的母亲们曾在这里死去。

黑黑的屋梁上挂着一些很旧的家用物品，几包调味草，木勺和熏肉，还有一些旧渔网，自从莫昂家最后的儿子在海上遇难以后，渔网一直躺在这里，老鼠每夜来咬它的网眼。

哥特那张带白色细布床幔的床放在一个角落里，仿佛是一个高雅美丽的东西放进了克尔特人的陋室。

石墙上挂着相框，里面是西尔韦斯特水手装束的照片。祖母还在上面挂上了他的军功奖章以及他留下来的水手们缝在右袖口的一对红呢船锚。哥特还从潘波尔买了一个用黑白珠子做的花圈，布列塔尼人往往将它套在死者遗像上。这里就是他的小陵墓，能纪念他的一切遗物，在他的故乡布列塔尼……

夏天晚上，为了省灯，她们不熬夜。天气好时，她们便到屋前的石凳上坐一会儿，瞧着人们在比她们稍高的小路上来往。

然后老伊芙娜便去衣橱式的床上躺下，哥特也上了那张小姐床，而且很快就睡着了，因为干了很多活儿，走了很多路。她仍然想着冰岛人的归来，但审慎而坚决，没有过分的惶惑……

13

然而，有一天，当她在潘波尔听说玛利亚号刚刚进港时，她感到一阵发热。等待时的镇静完全消失了。她赶紧干完活儿，莫名其妙地比平时提前回家，急匆匆地上路，突然她远远看见他正在这条路上迎面走来。

她两腿打战，发软。他已经走得相当近了，不到二十步，漂亮的身材，卷发上戴着渔夫的软帽。这次相遇使她手足无措，她真害怕自己会摇摇晃晃，害怕他会有所觉察，现在她真羞愧得要死……接着她想自己的发式难看，由于干活儿太快而显得满脸疲乏。她做什么都行，只要能躲进荆豆丛中，钻进石貂洞里。他也退缩了一下，仿佛想换条路，但为时已晚，他们在狭窄的小路上交臂而过。

为了不碰着她，他像多疑的马匹一样往旁边一躲，闪到路坡旁，一面粗野地偷眼瞧她。

她呢，在刹那间也抬眼看他，不由自主地表露出祈求和焦虑。

在这无意识的、比子弹还迅速的对视中，她那亚麻色的瞳孔似乎放大了，闪着某种思想的火焰，射出真正的青色微光，同时她满脸通红，一直红到太阳穴，红到金黄色发辫的根部。

他用手碰碰软帽说：

"您好，哥特小姐！"

"您好，杨恩先生！"她回答说。

仅此而已，他过去了。她继续走，仍然在发抖。等他走远时，她才逐渐感到血液又开始流动，又恢复了力气……

回到家里，她看见老莫昂奶奶坐在一个角落里，两手捧着头，像个孩童一样咿咿呀呀地哭，她蓬着头，发辫从束发带中落下，像一小束灰麻：

"啊，亲爱的哥特，我拾柴禾回来，在普卢埃尔泽尔那边遇见了加奥家的儿子，我们当然谈起了我可怜的孙儿。他们今天早上从冰岛回来，中午他就过来看我，我不在家。可怜的小伙子，他也含着眼泪……他把我一直送到门口，亲爱的哥特，帮我提着那小捆柴禾……"

她站在那里听着，心越来越凉。这么说，她寄予这么多期望，准备向他倾诉一切的这次访问已经过去，而且大概也不会再有了。

于是茅屋似乎更阴暗，穷困似乎更沉重，世界似乎更空虚，她低下头想死去。

14

冬季逐渐来临，像裹尸布一样张开，慢慢垂落。灰色的日子一天天地过去，杨恩再没有露面。两个女人孤零零地生活着。

由于寒冷，她们的生活更昂贵也更艰苦。

此外，老伊芙娜更难照料了。她那可怜的头脑越来越糊涂，她现在容易发脾气，说些恶毒的话或骂人，每星期总有一两次像孩子一样无缘无故地这样做。

可怜的老人！……当她清醒的时候，她仍然那么和气，哥特还是像从前一样尊敬她，爱她。一辈子善良，最后却变得凶狠；晚年时将沉睡了一生的全部恶意，将被隐藏的全部说粗话的本领都展示出来，这是对心灵的多大嘲笑，是多么具有讽刺意味的奥秘！

她也开始唱歌，这比她发脾气还令人难受。她想起什么就唱什么，有时是弥撒经文，有时是从前在港口听海员们唱的、不堪入耳的小调。偶尔她也唱唱"潘波尔的小姑娘"，或者摇晃着脑袋，用脚打着拍子，唱道：

> 我丈夫走了
> 去冰岛捕鱼，我丈夫走了，
> 没给我留下一分钱，
> 但是……嘿啦啦，嘿啦啦……
> 我会挣！
> 我会挣！

每次歌声都突然停住，她那双失去一切生命表情的眼睛茫然地睁得大大的，就像那奄奄一息的火苗在熄灭以前猛然一亮，接着她低下头，无力地久久待着，下颚像死人一样垂下来。

她也不再是干干净净的了，这是另一种哥特没有想到的考验。

有一天，她居然记不起孙儿了。

"西尔韦斯特？西尔韦斯特？……"她和哥特说，一面在努力想这人是谁："啊呀，姑娘，你明白，我年轻时有那么多孩子，儿子，女儿，女儿，儿子，我现在真是……"

她一面说，一面将那双可怜的、满是皱纹的手伸向天空，带着毫不在乎、甚至放荡的神气……

然而第二天，她又想起了西尔韦斯特。整整一天，她一面讲述他做过的上千件事，说过的上千句话，一面哭泣。

啊！没有足够的枝条烧火的冬夜是多么难熬！为了暖和而干活儿，为了生计而干活儿，细细地缝，上床以前要把每晚从潘波尔带回来的活儿做完。

伊芙娜奶奶安安静静地坐在壁炉前，两脚靠近最后的火炭，两手塞在围裙下面。可是晚上开始的时候，必须和她说说话。

"你不说话，亲爱的姑娘，为什么呢？我年轻的时候，认识一些像你这么大的姑娘，她们可爱聊天啦。如果你开口说说话，我们两人就不会显得这么凄凉了。"

于是哥特讲起她在城里听到的随便什么消息，或者提到她在路上遇见的某些人的名字，谈论某些事情，其实她本人对这些事毫不关心，就像现在对世上的一切毫不关心一样。她看到可怜的老人睡着了，讲到一半便停下来。

她的美妙青春呼唤着青春，但她周围没有任何充满生命的东西，没有任何年轻的东西。她的美貌将慢慢枯萎，在孤独中白白地枯萎……

海风从四面吹来，摇晃着灯光，海浪声清晰可闻，像在船上一样，她一面听，一面想到那时时在她心中，令她痛苦的杨恩，因为风浪正是他的行业。在暴风雨的可怕夜里，外面漆黑一片，风浪在呼啸喧哗，这时她更焦虑地想到他。

此外，孤独一人．她总是孤单单地和入睡的老奶奶待在一起，有时不免害怕，瞧瞧黑暗的房角，想到她的先辈那些海员们，他们曾在这些衣橱式的多层床上生活过，曾在这样的夜晚在海上丧生，他们的灵魂可能回来。身旁这位如此衰老的女人已经和他们差不多了，无法保护哥特避免鬼魂的来访……．

突然她从头到脚颤抖了起来，因为从壁炉角落里传来一丝笛子般颤动的微弱声音，声音窒息，仿佛来自地下。轻松的音调令人全身发冷，她唱道：

去冰岛捕鱼，我丈夫走了，
没给我留下一分钱，
但是……嘿啦啦，嘿啦啦……

于是她感到与疯女人做伴的那种特殊的恐惧。

雨下着，下着，像泉水一般不停地轻轻响，能听见它在外面墙上几乎不断地往下流。长满青苔的老屋顶上有漏洞，它一直不疲倦地、单调地，在几个地方，发出同一种愁闷的淅沥声，屋内，夹杂着砂砾和贝壳的石头和泥土地面有几处已经变得泥泞了。

你感觉到四周都是水，它大量地包围你，冷冰冰地，无穷无尽地。水在摇晃，水在鞭打，在空中散成碎屑，使黑暗更为稠密，使普卢巴兹拉内克地区分散于各处的茅屋彼此更为隔绝。

星期日晚上对哥特来说最为阴森，因为它给其他地方带去了欢乐。即使在海岸上最偏僻的小村子里，这也是快乐的聚会。这里那里总有某座被黑雨鞭打的茅屋关着门，从里面传出低沉的歌声。里面有为喝酒人准备的一排排桌子，海员们坐在冒烟的旺火前，老人们满意地喝着烧酒，年轻人向姑娘们献殷勤，大家玩得晕头晕脑，唱着歌来自我排遣。就在他们旁边，大海，他们明天的坟墓，也在唱歌，它巨大的声音响彻黑夜……

某些星期天，一群群年轻人从这种小酒馆出来或从潘波尔回来，走过莫昂家门口的小路，这些人住在陆地的顶端，波尔－埃旺那边。他们从姑娘们怀抱里挣脱出来时已经很晚了，他们不在乎淋雨，对狂风暴雨习以为常。哥特竖起耳朵听他们的歌声和喊叫声——它们很快就被淹没在风暴和波涛声中——想分辨出杨恩的声音，等她仿佛听出来以后感到自己在颤抖。

这个杨恩不再来看望她们，真不像话，西尔韦斯特去世不久他就吃喝玩乐——这一切不像是他的行为！不，她现在真不理解他，但是，尽管如此，她无法忘却他，也不相信他是无情的人。

事实是，杨恩回来以后，生活的确放荡。

首先是像往常一样十月份去了加斯科涅湾，对冰岛人来说这是娱乐期，他们口袋里有了一点钱，可以放心地花（捕鱼的大款子要等到冬天才付，船长先预支他们一小笔钱好玩玩）。

他们和每年一样去岛上买盐，杨恩在圣－马丁－德－雷又恋上了去年秋天的情妇，一位棕发姑娘。他们在最后明亮的阳光中一同去棕红色的葡萄园里散步，那里充满了云雀的歌声，香气扑鼻，那是成熟的葡萄、沙地上的石竹和海滩上的海水的气味。在那些收获葡萄的夜晚，他们唱歌，跳轮舞，在这个时刻，人们往往喝着甘美的葡萄酒，陶醉在充满情爱的微微醉意中。

接着，玛利亚号又一直驶往波尔多，他在一个金碧辉煌的大咖啡馆里，又遇见了送表给他的那位漂亮歌女，于是又漫不经心地让她爱抚了一个星期。

他在十一月份回到布列塔尼，作为男傧相参加了好几位朋友的婚礼，因此总是穿着节日盛装，而且常常在午夜以后舞会结束时喝得醉醺醺。每个星期他都有艳遇，姑娘们添油加醋地赶紧告诉哥特。

有三四次，她曾远远看见他在普卢巴兹拉内克路上迎面走来，她刚来得及避开，他也一样，在这种时候斜穿过荒原。现在他们相互躲避，仿佛有种默契。

15

在潘波尔有一位胖女人，叫特蕾索勒太太。她在通往港口的一条街上开了一个小酒店，冰岛人无人不知，船长和船主们来这里招收海员，一面和他们喝酒，一面挑选最强壮的。

特蕾索勒太太从前很漂亮，现在还和渔民们调情，如今她上唇上的汗毛特别浓，像男人一样肩膀很宽，言谈放肆，神气很像是随军的女食贩。她戴着一顶修女式的白帽，身上仍有某种宗教的东西，大概因为她是布列塔尼人吧。她的脑子像个登记簿，上面记着本地所有海员的姓名。她清楚谁是好海员谁是坏海员，精确地知道他们挣多少钱又值多少钱。

一月份的一天，她请哥特来为她缝一件裙衣，于是哥特坐在饮酒店堂后面的房间里干活儿。

特蕾索勒太太的酒馆的门开在一排巨大的石柱后面，石柱托着前伸的二楼，这是老式房屋。开门时，从街上几乎总要灌进一阵风，推着门，于是来人便像被海浪抛掷一样猛地冲了进来。店堂矮而深，刷过白石灰的墙上挂着镀金画框，里面画的是船，船的碰撞和海难。在一个角落里的托架上，供奉着陶制圣母像，两旁是假花。

这些老墙曾听过多少海员的雄壮歌声，目睹过多少沉重而野蛮的快乐，它经历过潘波尔的远古时期、动荡的海盗时期，直到今天与祖先十分相似的冰岛人的时期。许多人的生命正是在这里，在橡木桌上，在两次酒醉之间，被当作赌注，被典当的。

哥特一面缝衣，一面听着板壁外面特蕾索勒太太和坐着喝酒的两位退休人关于冰岛的谈话。

老头们正在谈论一条全新而漂亮的船，它正在港口被装配帆缆索具：这个莱奥波尔丁号肯定装配不完，这一次出不了海。

"不，出得了，"女店主反驳说，"肯定能装配好！我可告诉你们，昨天连船员都定好了，就是盖尔默的玛利亚号的全班人马，因为玛利亚号要出售，要拆毁了。就在我面前，在这张桌子上，五位年轻人用我的笔签了合同，就这样！这可是些漂亮小伙子，我敢发誓，有洛麦克·蒂格迪、阿尔·卡罗夫、伊冯·迪夫、特雷吉尔的克拉埃兹和波尔－埃旺的大个子杨恩·加奥，就他一个人就抵得上三个人！"

莱奥波尔丁号！

……这艘将把杨恩载走的船的名字，刚一说出，就立即刻在哥特的脑海里，仿佛有人用锤子敲了进去，使它无法被拔去。

哥特晚上回到普卢巴兹拉内克，坐在微弱的灯光下继续完成那件衣服，这时她又想起这个船名，仅仅它的发音就使她有种阴沉的感觉。人名和船名本身就有一种面貌，几乎有一种含意。莱奥波尔丁这个少见的新字一直困绕着哥特，这是不正常的，它成了一种不吉利的顽念。不，她原以为杨恩仍然乘玛利亚号出海的，她从前参观过玛利亚号，熟悉它，而且那上面的圣母像多年来一直在危险航行中保佑他们，而现在换条船，换莱奥波尔丁号，这更加深了她的忧虑。

但她很快又想这已经与她无关了，有关他的一切永远不能再触动她了。的确，无论他在这里还是在那里，在这条船上还是那条船上，走了还是回来，这与她有什么相干呢？……当他去冰岛时，她会更痛苦还是更高兴呢？当温暖的夏天再次来到被抛下的茅屋，来到孤独不安的女人们身边，或者当新的秋天来临，再一次将渔夫们带回故乡时，她会更痛苦还是更高兴呢？对她来说，这一切并没有什么区别，她无动于衷，既无欢乐，也无希望。她和他之间再无任何关系了，再无任何相互接近的理由，既然他连可怜的小西尔韦斯特都忘记了，因此，她一生唯一的梦想，唯一的愿望也结束了，她必须忘记杨恩，忘记与他有关的一切，甚至包括仍然在她心中保有如此痛苦的魅力的冰岛这个名字。将这些思想通通排除，扫清一切，告诉自己这事结束了，永远结束了……

　　她温柔地看着熟睡中的可怜老妇人，她现在还需要自己，但她活不了很久。到了那时候，又何必活着，何必工作，为了什么呢？

　　外面又刮起了西风。在远处的呼啸声中，屋顶的漏洞又开始了它那平静而轻微的滴水声，像玩具娃娃在叮叮响。她开始流泪了，这是孤儿和被遗弃女人的眼泪，它带着轻轻的苦味流过嘴唇，静静地流到活计上，仿佛是无风的夏天的雨，从蓄满水气的云层中突然落下，密密麻麻，沉沉甸甸。于是她两眼模糊，感到精疲力竭，面对自己生活的空虚脑子发晕，便将那位特蕾索勒太太的肥大上衣叠起来，试着去睡觉。

　　她在那张漂亮的小姐床上躺下，全身发抖，因为床越来越潮，越来越冷，就和这间茅屋里的东西一样。然而，她毕竟还很年轻，一面流泪，一面使身子暖和过来，终于睡着了。

16

又几个阴沉的星期过去了，现在已经到了二月初，气候相当温和与晴朗。

杨恩刚从船主那里出来，他领了去年夏天的渔款一千五百法郎，按家里的老规矩，他要把钱交给母亲。去年收入不错，他满心高兴地往家里走。

快到普卢巴兹拉内克时，他看见路边聚集着一群人，一位老妇人拿着拐棍正指手划脚地说话，四周围着一些顽童在大笑……莫昂奶奶！……西尔韦斯特所钟爱的、他亲爱的老奶奶现在遛遛遢遢，衣服也撕破了，成了让行人围观的、呆傻的穷老婆子！……他心中十分难过。

普卢巴兹拉内克的这几个顽童把她的猫杀了，她向他们挥着拐棍，绝望地发怒说：

"哼，要是我可怜的孙子在这里，你们才不敢哩，你们这些坏家伙！……"

她追着要打他们时，大概摔了一跤，帽子歪了，衣服上全是泥，而他们还在说她喝醉了（在布列塔尼，某些遭遇不幸的可怜老人借酒浇愁是常有的事）。

杨恩知道这不是真的，知道她是滴酒不沾的、值得尊敬的老人。

"你们不害臊吗？"他对孩子们说。他也很生气，声音和音调都很严肃。

孩子们看见大个子加奥，感到羞愧不安，刹那间全都跑掉了。

哥特正好拿着晚上干的活计从潘波尔回来，远远地看见了这群人，从中认出了奶奶。她惊恐万状地跑了过来看是怎么回事，奶奶怎么了，别人对她干什么了，她看见那只被杀的猫，明白了一切。

　　她抬起坦率的眼睛看着杨恩，杨恩并不避开她的眼光，这次他们不再想到相互回避了。他们两人都满脸通红，血液同样快地涌上了他们的双颊。他们相互看着，因相距这么近而感到几分慌乱，但是没有怨恨，而几乎带着柔情，因为怜悯和保护奶奶的共同想法将他们连到了一起。

　　学校的孩子们很久以来就讨厌这只可怜的猫，因为它长着一张黑脸，神气像魔鬼，但它很和善，走近看时，会发现其实它表情平静而温顺。他们用石子把它砸死了，它的一只眼珠垂在外面。可怜的老妇人不断咕噜咕噜地威胁着，像提兔子一样提着死猫的尾巴激动万分地、摇摇晃晃地走开了。

　　"啊，我可怜的孙子，我可怜的孙子……如果他还活着，谁也不敢这样对我，肯定不敢！……"

　　眼泪流了下来，流在她的皱纹里，青筋凸出的双手也在颤抖。

　　哥特将她的帽子扶正，试图用孙女的温柔语言去安慰她。杨恩却十分气愤。孩子们这么坏，真难以想象！居然这样捉弄一位可怜的老妇人！他也几乎流下泪来，当然不是为了这只猫。像他这样粗鲁的年轻人虽然喜欢逗动物玩，却不会为动物多愁善感。他走在这位倒提着可怜的小猫、老年糊涂的奶奶身后，心如刀割。他想到西尔韦斯特，他是那么爱她。如果当初有人预言她会落到这个下场，贫穷不堪，受人捉弄，那西尔韦斯特会多么悲伤！

　　哥特在解释，仿佛是自己使老奶奶仪表不整。

　　"弄得这么脏，她肯定摔倒了。"她低声说道："她的衣服不是新的，的确不新，因为我们不是阔人，杨恩先生，但是昨天我又补过，今早我出门时，她还是干干净净，整整齐齐的。"

于是他久久地看着她，这寥寥几句简单的解释也许比巧妙的话语、责备和眼泪更深深地打动了他。他们继续并排走着，离莫昂家的茅屋越来越近。要论漂亮，她始终比任何姑娘都漂亮，这一点他很清楚，但他发觉自从她贫穷和服丧以来，她更出众了，神情更稳重，麻灰色的眸子有一种更克制的表情，而且尽管如此，眼光更锐利，射到你心底深处。她的身材也发育完全。很快就满二十三岁了，她的美貌正如鲜花怒放。

再者，她现在是渔家女的打扮，穿着没有任何装饰的黑色衣服，戴着单色帽子，但仍然显出小姐的气质，这种气质也不知来自何处，大概是隐藏在她内心的某种她意识不到的东西吧，不该为此责怪她。也许是因为她沿袭从前的习惯，她的上衣比别人的稍稍更合身，更好地衬托出她丰满的胸部和肩头……不，这是由于她平静的声音和她的目光。

17

显然，他要送她们回去，大概一直送到家。

他们三人一同走，仿佛在为小猫送葬。此刻，他们这样排着队几乎有点滑稽可笑。一些老好人站在门口微笑。老伊芙娜提着死猫走在中间，右边是局促不安、满脸通红的哥特，左边是大个子杨恩，他高昂着头，若有所思。

然而，可怜的老妇人在路上突然平静下来，她自己重新戴正帽子，默默无语，开始用又变为清亮的眼睛偷偷地轮流打量他们两人。

哥特不说话，惟恐杨恩乘机告辞。她多么愿意一直接受他那温柔悦人的目光，愿意只管走路，闭眼不看其他任何东西，就这样在他身边梦幻般地、久久地、久久地走着，她不愿意很快回到那个阴暗与空荡的家，在那里一切将烟消云散。

在大门口，出现了片刻犹豫，心脏都似乎停止了跳动。老奶奶头也不回地进去了，接着是稍稍迟疑的哥特，在她后面，杨恩也跟了进去……

他这是生平第一次来到她们家里，也许并没有目的，他会有什么愿望呢？……他跨进门槛时，用手碰碰帽子，接着，他的视线最先遇到的是小黑珠花圈中的西尔韦斯特的肖像，他慢慢地走过去，好似走近一座坟墓。

哥特始终站着，两手撑在桌子上。他现在环顾四周，仿佛在默默地巡视她们的穷困，她的眼光跟着他。这两个住在一起的、孤苦伶仃的女人的家虽然显得有条不紊、整整齐齐，但的确是太穷了。看见她又落入如此贫穷的境地，与粗糙的石墙与茅草为伴，他也许，至少，会对她产生几分善意的怜悯。关于过去的富有，只剩下那张白床，那张漂亮的小姐床了，杨恩不由自主地又将眼光投向那里……

他一言不发……他为什么不走呢？……老奶奶假装不注意他，她在神志清醒时仍然很精明。他们始终面对面地站着，默默地忐忑不安，终于四目相视，仿佛在进行最重要的询问。

时间在逝去，每过一秒钟，他们之间的沉默似乎又凝固了几分。他们始终用深邃的目光相互看着，仿佛在庄严地等待迟迟不来的某个前所未闻的东西。

"哥特，"他用低沉的声音说，"如果您仍然愿意……"

他要说什么？……可以猜得到他像平时一样突然作出某个重要决

定，但又不太敢说明：

"如果您仍然愿意……去年的鱼卖得不错，我手头有一点钱……"

如果她仍然愿意！……他向她要求什么？她听明白了吗？她想是明白了，但这天大的事使她惊异。

老伊芙娜在屋角里竖起耳朵，感到幸福在临近……

"我们可以结婚，哥特小姐，如果您仍然愿意……"

……然后他等待她回答，但没有回答……谁能阻止她说同意呢？他感到奇怪，害怕起来，她对这一点看得很清楚。她两手仍然撑在桌子上，脸色煞白，泪眼模糊，说不出话来，像一位垂死的美人……

"喂，哥特，你回答呀！"老奶奶起身朝他们走来，"您瞧瞧，杨恩先生，这对她太突然了，您该原谅她，她会想一想，等等会回答您……您坐坐，杨恩先生，和我们一起喝杯苹果酒……"

不，她回答不出来，哥特，狂喜中她说不出话来……这是真的，他的确很善良，重感情。她找回了他，找回了真正的杨恩，尽管他曾冷淡，尽管他曾粗鲁地拒绝，尽管一切的一切，她心中的他始终是真正的杨恩。他长期轻视她，而今天她成了穷人，他却接受了她。这大概就是他自己的做法，他有某种她将来才明白的动机。此时此刻，她根本想不到和他算账，想不到为这两年来的悲伤而责怪他……再说这一切都已经被忘掉了，掠过她生命的美妙旋风刹那间将那一切都吹得远远地！……她仍然说不出话来，但是用泪汪汪的眼睛深情地盯着他，表达对他的爱慕，与此同时，大滴的泪珠开始沿着脸颊往下流……

"好了，愿天主祝福你们，孩子们！"莫昂奶奶说："我呢，我也该好好感谢天主，因为我很高兴能活得这么久，能在入土之前看见这件喜事。"

他们仍然面对面站在那里，手牵着手，说不出话来，找不到任何足够甜蜜的字眼，找不到任何恰当的词句来打破这无比美妙的沉默。

"你们至少该亲吻一下吧，孩子们……啊，他们一句话也不说！……啊！天哪，我这对孙儿女可真古怪！来吧，哥特，跟他说点什么，姑娘……我年轻的时候，订婚以后是要亲吻的……"

杨恩仿佛突然感到一种从未有过的深深的敬意，摘下帽子，俯下头来亲吻哥特，感到这是他有生以来第一个真正的吻。

她也亲吻他，将还不善于细微亲抚的、鲜嫩的嘴唇贴到未婚夫那被大海镀上金色的脸颊上。在石墙上，蟋蟀为他们歌唱幸福，这一次它来得正巧。西尔韦斯特可怜的小肖像似乎在黑花圈中央对他们微笑。在这死气沉沉的茅屋里，突然间，一切又似乎恢复了活力，恢复了青春。沉默中充满了奇异的音乐，就连从天窗射进的冬季的苍白暮色也显得美丽迷人……

"这么说，你们等到从冰岛回来以后再结婚，亲爱的孩子们？"

哥特低下了头。冰岛，莱奥波尔丁号，对了，她已经把横在路上的这些恐怖忘在脑后了。从冰岛回来！……多么漫长，又是整个夏天在忧虑中等待。杨恩用脚尖轻轻地、快速地敲着地面，他也变得急不可耐，心中在迅速盘算，看看如果加紧办的话，能不能在出航以前结婚，需要多少天才能办好证件，需要多少天才能在教堂出结婚预告，对，至迟不过在本月二十号或二十五号举行婚礼，如果没有其他障碍，婚后他们还有整整一星期待在一起。

"我先去通知我父亲。"他急匆匆地说，仿佛他们生命中的每分钟现在都是宝贵的，都要珍惜……

第四篇

1

黑夜来临时，情侣们总很喜欢一同坐在门前的石凳上。

杨恩和哥特也一样。每天晚上，他们坐在莫昂家茅屋门口的老石凳上互诉衷情。

别的情侣拥有春天、树荫、温暖的黄昏和盛开的玫瑰，而他们只有二月的暮色和布满荆豆和石头的滨海。在他们头上，在他们周围，没有一根绿枝，只有无边无际的天空，上面缓缓飘过雾气。代替花的是棕色的海藻，这是渔民们从沙岸回来时从渔网里漏到路上的。

这个地区受海洋水流的影响，比较温和，冬天并不严峻，尽管如此，黄昏仍然带来冰冷的湿气，难以觉察的小雨点落在他们肩头。

但他们仍然待在那里，觉得在那里很舒服。这张石凳已有一百多年历史，见过许多人谈情说爱，因此对他们的爱情毫不惊奇。它听过一代代的年轻人口中说出的甜言蜜语，它也习惯于见到当初的情侣变成了摇摇晃晃的老头和颤颤悠悠的老太婆，他们坐在原处，但是在白天，为的是透透气，在他们最后的阳光中暖和暖和。

伊芙娜奶奶时不时地在门口探头看看他们，并不是因为她担心他们在一起会做什么，而是出于爱，她高兴看见他们，也想叫他们进来。她说：

"你们会冷的，亲爱的孩子们，你们会生病的。天哪，天哪，这么晚还待在外面，我问问你们，有什么道理？"

冷！……他们感到冷吗？除了相依相伴的幸福以外他们还能意识到别的东西吗？

傍晚从这里过路的人听见两个声音在喃喃低语，它与悬崖脚下轻

118

微的海浪声搀和在一起。哥特的清亮声音和杨恩的深沉但柔和和爱抚的声音交织成和谐美妙的音乐。他们两人的身影也在背靠的石墙上清晰地显露出来，首先是哥特的白帽，接着是她穿着黑衣的整个苗条身材以及坐在她旁边的男友的宽肩。在他们上方是驼背式的茅草屋顶，在这一切后面是无止尽的暮色，空旷无色的水和天空……

他们最终还是进屋在壁炉前坐下，老伊芙娜不会干扰这对相爱的年轻人，因为她很快就垂着脑袋睡着了。于是他们又低声地交谈，以弥补两年来的沉默，他们需要加紧，因为谈情说爱的时间不多了。

他们讲好将来住在这位伊芙娜奶奶家，老奶奶在遗嘱中已说明由他们继承茅屋。目前他们来不及将茅屋装修一番，只能等到从冰岛回来以后再将这个可怜而凄凉的小窝美化美化了。

2

……一天晚上，杨恩逗乐地讲起自他们初次见面以来她都做了些什么，遭遇到什么，他一件件地讲这些小事，甚至讲她都穿过什么衣服，去过什么节庆集会。

她十分惊异地听他讲。他怎么会知道这一切？谁会想到他关注这些事，还能牢记在心？……

他呢，他在微笑，装出神秘的样子，继续讲其他一些小细节，有些事连她本人都几乎忘了。

现在她不打断他了，让他讲，她全身感到一种出奇的陶醉，她开始猜到，开始明白了：在这整段时期里，他也一直爱着她，不停地关注她，现在他天真地坦白了！……

那他是怎么回事呢，老天爷，他又为什么一再拒绝她，一再使她痛苦呢?

这始终是个谜,他曾答应向她解释,但是一拖再拖,他显得窘迫,露出一丝难以捉摸的微笑。

3

一个晴朗的日子,他们和伊芙娜奶奶一同去潘波尔买新娘的礼服。

她还剩下几件从前当小姐时穿的漂亮衣服,其中有一些完全可以改成结婚礼服,根本不用去买。但杨恩执意要送她这件礼物,她也没有断然拒绝,因为拥有一件由他送的、用他的劳动和捕鱼收入买的衣服,她觉得自己就差不多是他的妻子了。

哥特为父亲服丧的时期还没有结束,所以他们挑选了黑色。杨恩觉得店主向他们展示的衣料都不够漂亮。他在商人面前有几分傲慢。以前他从来不进潘波尔的任何一家店铺,但是这一天他什么都管,甚至包括裙衣的式样,他让人在上面缝上宽宽的丝绒带,使它更美。

4

一天晚上,他们俩坐在石凳上,悬崖边一片寂静,黑夜正在降临,他们的目光偶然落在路边石缝中的一束荆棘上——四周唯一的荆棘。在昏暗中,他们仿佛看见荆棘丛上有些小而轻的白缨子。

"真以为是开了花。"杨恩说。

他们走过去看看。

荆棘的确开花了。他们看不真切,便伸手去碰碰,用手指来核实这些充满湿湿的雾气的小花朵，于是他们提前感到了春天，与此同时，他们发现白天变长了，空气似乎更暖和，黑夜似乎更明亮。

然而这个荆棘丛提前开花了！在这个地区的任何地方，在任何一条路旁，都没有这个现象。它大概是专门为他们开花的，以庆祝他们的爱情……

"啊！我们去摘几朵！"杨恩说。

他几乎摸索着，用粗糙的手扎成一个花束，然后抽出挂在腰带上的渔夫用的大刀，仔仔细细地将刺拔去，将花束放在哥特胸前。

"瞧，就像是新娘。"他说，一面往后退看这对她合不合适，虽然天色已暗。

在他们下方，风平浪静的海轻轻拍打着卵石沙岸，发出断断续续的、低低的声音，像是睡眠时的呼吸，仿佛对身旁这对谈恋爱的人无动于衷，甚至表示赞许。

他们等待傍晚，觉得白天太长，待到晚上十点钟他们分手时，对生活又稍稍感到气馁，因为这么快就过去了……

必须赶快，赶快办好证件，办好一切，不然就来不及了，让幸福从眼前溜掉，又要等待秋天，等待那靠不住的将来……

他们在晚上，在这个凄凉的地点，在持续不断的海水声中互诉恋情，为时光飞逝而感到激动与不安，这一切使他们的恋爱显得特殊，带有几分忧郁。他们与别的情侣不同，在爱情中更严肃也更不安。

他始终没有说明这两年中他为什么不接受她。晚上当他走后，这个谜总在折磨哥特。但是他很爱她，对此她深信不疑。

的确，他一直在爱着她，但是不像现在这样。这时爱情像潮水一样在他心里和头脑里涌上来，涌上来，直到淹没一切。他从未经历过这样的爱情。

有时，他在石凳上躺下，身体几乎舒展开，将头放在哥特的双膝上，像撒娇的孩子一样期望爱抚，然后又觉得不合适，赶紧坐了起来。他真愿意躺在她脚旁的地上，额头靠在她裙衣的下部，就这样待着。他来时和走时像兄长一样地亲吻她，除此以外，他不敢吻她。他喜爱她身上某个无形的东西，那就是她的心灵，这表现在她纯净安详的声音中，微笑的表情和清澈美丽的目光中……

　　可她同时还是有肉体的女人，比任何别的女人都更美、更激起情欲。不久她将和他从前的情妇一样完完全全属于他，但同时仍然是她自己！……这个想法使他的骨髓都在战栗。他事先无法想象这会是何等的陶醉，但是，出于尊敬，他不去多想，几乎怀疑自己有没有胆量去做那美妙的亵渎之事。

5

　　一个雨天的夜晚，他们相互挨着坐在壁炉前，伊芙娜奶奶在他们对面睡着了。炉膛里的枝条发出的火焰摇曳着，使他们放大了的影子在黑天花板上摇晃。

　　和所有的情侣一样，他们在轻声交谈。但是今天晚上，谈话中出现了局促不安的、长长的沉默。特别是杨恩，他几乎不说话，半笑不笑地低着头，竭力避开哥特的目光。

　　这是因为整个晚上她都在向他提问题，要弄明白无法使他开口的那个谜是什么，这一次他被逮住了。她很机灵又决心要问清楚，任何托辞再也无法使他摆脱困境了。

　　"因为人家说了我的坏话？"她问道。

　　他试图回答"是的"。坏话，啊！……在潘波尔，在普卢巴兹拉

122

内克，人们都说了许多坏话……

她问说了些什么。他发窘，他无言以对。于是她明白应该是别的原因。

"因为我的衣着，杨恩？"

衣着嘛，当然也是部分原因，有一段时间，她穿得太好，不可能当普通渔民的妻子。但他最后不得不承认这不是全部原因。

"那么是因为当时我们被看作阔人？你害怕被拒绝？"

"啊不！不是这个。"

他以如此天真的自信语气回答，使哥特觉得有趣。接着又是沉默，在沉默中听见风和海在外面呻吟。

她专注地观察他，突然产生了一个想法，面部表情也逐渐变化。

"这一切都不是原因，杨恩，那么是什么？"她盯着他的眼睛，像猜透一切的人那样露出不可抗拒的、寻根究底的微笑。

于是他转过头，大笑起来。

那么说，就是这个原因，她猜对了。他没法告诉她理由，因为他没有理由，从来就没有理由。嗯，对，他就是固执（正如西尔韦斯特从前说的），就是这么回事。不过还有，别人总拿这个哥特来纠缠他！他父母、西尔韦斯特、冰岛人中的伙伴，甚至哥特本人，所有的人都来纠缠他，于是他开始说不，固执地说不，虽然内心深处在想，有一天，等没有人再想这件事时，它最终肯定会实现。

正是由于杨恩的这种幼稚举动，哥特才被抛弃了两年，萎靡不振，甚至想死……

杨恩的第一个反应是由于秘密被揭穿而惶惑地笑了一会儿，接着他用和善和严肃的眼光盯着哥特，也在向她深深地询问：至少她能原谅他吧？他现在为曾使她如此痛苦而深感愧疚，她能原谅他吗？……

"我的性格就是这样，哥特，"他说，"在家里，我对父母也是这样。有时我固执起来，仿佛和他们赌气，一个星期几乎不和任何人说话，但我很爱他们，这你知道，而且他们要我做什么，最后我总会听从的，就像一个十岁的孩子……你以为我原先不想结婚？不，总之，这件事本不该拖很久的，哥特，相信我。"

啊！她能否原谅他！她感到眼泪轻轻地涌了上来，这是过去的痛苦的残存物，它随着杨恩的坦白而最终离去。何况，如果没有当初的痛苦，此刻也不会如此甜蜜。现在都过去了，她几乎高兴经历过这个考验期。

如今他们之间的一切都澄清了，当然有点出人意料，但十分圆满。他们两个心灵之间再没有任何帷幕。他将她拉进自己怀里，头靠着头，脸贴着脸，这样待了很久，不需要再作任何解释，不需要再说什么。他们此刻的拥抱是如此贞洁，以致当伊芙娜奶奶醒过来时，他们在她面前依然那样，毫不惶惑。

6

离动身去冰岛的日子还有六天。他们的结婚队伍从普卢巴兹拉内克的教堂出来。刮着狂风，阴云密布的天空黑沉沉的。

他们挽着手臂，两人都十分漂亮，像国王一样走在长长的队伍前头，仿佛在梦中。他们平静、沉着、严肃，仿佛什么也看不见，仿佛在俯视生命，超乎一切之上。就连狂风也似乎尊敬他们，而后面那一对对欢笑的男女，在狂暴的西风的追逐下，成了欢乐的乌合之众。其中有许多生命力旺盛的年轻人，还有些人头发已经灰白，但回想起自己的婚礼和新婚时期而露出微笑。伊芙娜奶奶也来了，走在后面，虽然被风吹得歪歪倒倒，但她挽着杨恩的一位老伯的手臂，听他说些老式的奉承话几乎感到幸福。她戴着特意为她买的一顶漂亮的新帽子，还有她那条永远不离身的小披巾，小披巾已经被染了三次，这次由于西尔韦斯特而染成黑色。

狂风不加区别地摇撼所有的客人，有些裙子被吹起来了，裙衣被吹卷了，男人和女人的帽子被吹走了。

按照习惯，新婚夫妇在教堂门口买了几束假花以装饰他们的节日盛装。杨恩将花漫不经心地别在宽宽的胸前，不过他是那种穿戴什么都好看的人。哥特呢，她带着几分小姐气质将可怜的粗花别在胸衣上部，胸衣和从前一样十分合体，衬托出她美妙的体型。

走在这群人前面的那位拉提琴的人被风吓坏了，拉得马马虎虎，琴声有一阵没一阵的，在狂风的呼啸声中仿佛是比海鸥的叫声还尖细的古怪的音乐。

普卢巴兹拉内克全镇的人都出来看他们。这门婚事使人们兴奋，人们从周围的远处赶来。在十字路口上，到处都有一群群人站在那里等着。几乎潘波尔所有的冰岛人，杨恩的朋友们都守候在那里，向路过的新人致敬，哥特像小姐一样轻轻点头答谢，优美而端庄，一路上受到人们的赞誉。

在周围最偏僻、最阴暗的村子里，甚至在林中小村里，乞丐、残疾人、疯子和挂拐杖的白痴们倾巢出动。他们分排在路旁奏着音乐，拉着手风琴或摇着弦琴，一面伸出手——用木碗或帽子请求施舍，杨恩带着高贵的神气向他们扔钱，哥特露出女王般的美丽微笑。有些乞丐年岁很大，空洞无物的脑瓜上是灰白的头发，他们躲藏在小路的洼处，和土地是同一种颜色，似乎还没有全部从土里出来或者糊里糊涂地即将回到土里去。他们那茫然的眼神令人困惑，如同他们失败的、白白浪费的生命的奥秘一样。他们莫名其妙地看着这支充满美妙生命力的婚庆队伍走过……

他们继续走，走过了波尔－埃旺村和加奥家的房子。按照普卢巴兹拉内克的传统，新人应该去三一小教堂，它在布列塔尼世界顶端。

小教堂建在最后、最尖端的那片悬崖下的低矮岩石上，离水面很近，几乎就是海了。人们从花岗岩中的一条羊肠小道下去。于是婚礼队伍在这个孤立岬角的山坡上，在石头中间散开了，欢乐或献媚的话语完全被风浪声淹没了。

天气如此恶劣，根本不可能下到小教堂。小路不保险。海水涌到近处重重地拍打，白色的浪花蹦得高高的，落下来时散成一大片，淹没一切。

杨恩挽着哥特的手臂走在最前面。在浪花前最先往后退，后面的队伍一层一层地停在岩石上，形成半圆形，杨恩似乎来向大海介绍他的妻子，但是大海对新娘并不笑脸相迎。

他转过头，看见拉琴的人正站在灰色岩石的高处试图在两次狂风之间补拉四组舞曲。

"收起你的音乐吧，朋友，"他对拉琴人说，"大海奏出的音乐比你的可好多了……"

这时，从清早就要下的大雨哗哗地下开了，于是人们喊着、笑着，开心地散开，爬上高高的悬崖，朝加奥家跑去……

7

由于哥特的住所太简陋，婚宴便设在杨恩父母家。

这是在楼上的那个新盖的大房间里，一大桌二十五个人围着新人，其中有兄弟姊妹，当领港的加奥堂伯、盖尔默、克拉埃兹、伊冯·迪夫，过去玛利亚号、今天莱奥波尔丁号的全班人马，还有四位很漂亮的女傧相，她们像昔日拜占庭的女皇一样，将发辫在头上盘成圆形，戴着年轻人中间时兴的、大贝壳形的新式白帽。四位男傧相都是冰岛人，身强力壮，漂亮的眼睛闪着傲气。

楼下当然也在烹调，也在吃喝。队伍末尾的人们胡乱地拥挤在那里，从潘波尔雇来干粗活儿的女工们看见大壁炉前架着那么多大锅小锅，简直不知所措。

杨恩的父母原希望他娶一个有钱的姑娘，这是当然的。不过哥特现在被公认为既规矩又有胆识，此时，虽然她失去了财富，她仍是本地最美的姑娘。看到他们夫妻两人如此相配，父母也觉得光彩。

老父亲喝过汤后很开心，谈起了这门亲事：

"加奥家又要添些孩子了，在普卢巴兹拉内克，加奥家可从来不缺孩子！"

于是他掰着指头向新娘的叔父解释加奥家为什么人丁如此兴旺，他父亲是九兄弟中最小的，生了十二个孩子，他们又和表亲结婚，又生了许多许多，都是加奥家的人，尽管有人死在了冰岛！……

"至于我，"他说，"我娶了一位亲戚，她也姓加奥，我们两人就生了十四个孩子。"

想到有这么一个部落，他高兴地晃动着白发苍苍的脑袋。

当然啰！抚养加奥家这十四个孩子可不容易，不过现在他们都能应付自如，再说那艘破船卖的一万法郎真正使他们富裕起来了。

坐在老加奥旁边的盖尔默也在酒后开心起来，讲述他在服役时玩的把戏，讲起中国人、安的列斯群岛和巴西的故事，讲得那些将去服役的年轻人瞪着大眼。

他最好的一个回忆是在伊菲革涅亚号上。有一次他们往酒舱里装酒，那是在黄昏时分，将酒输到下舱的皮管子破了。他们没有去报告，而是爬到地上喝个够，高高兴兴喝了两个小时，最后连炮室也灌满了酒，所有的人都醉倒了！

坐在桌边的老水手们带着几分狡黠地憨笑着。

"人们反对服役，"他们说，"可是只有在服役时才能玩这种把戏！"

在外面，天气并未好转，相反，在沉沉的黑夜里，风雨大作。虽然采取了预防措施，有几个人还是为他们的船或者停在港口的小艇担心，准备站起来去看一看。

这时另外一个悦耳的声音从楼下传来，参加婚礼的孩子们正在那里济济一堂地吃饭。这些小表亲们喝了苹果酒开始兴奋起来，又是高兴地大叫又是哈哈大笑。

晚饭有煮肉、烤肉、小鸡、好几种鱼、煎鸡蛋和薄饼。

人们谈到捕鱼和走私，议论骗过海关先生们的种种办法，众所周知，这些人是海员的大敌。

在楼上的贵宾席上，人们甚至谈起了滑稽可笑的遭遇。

这番议论是在男人之间用布列塔尼话进行的，他们当年都曾闯荡世界。

"在香港，那些房子，你知道，从小街往上走的那些房子……"

"哦，是的，"坐在饭桌另一端的人回答说，他也去过这些房子，"是的，到了街尾向右转？"

"不错，最后就到了中国女人的妓院，是的！我们是三个人，去那里玩了一番……真是丑女人，天哪，真丑！……"

"哦，要说丑，可真一点不假。"大杨恩漫不经心地说。他在长途航行以后，也曾一时糊涂，光顾过中国妓院。

"在这以后该付钱了，谁带着钱呢？……找一找，在口袋里找一找，我没带，你没带，他也没带，谁也没带一分钱！我们道歉，答应再去（讲到这里，他那古铜色的粗鲁面孔歪扭起来，又像吃惊的中国女人那样撒娇）。但是那位老太婆不信我们的话，开始刺耳地叫了起来，大吵大闹，并且用黄爪子抓我们（现在他模仿那尖利的声音，用手指抬起眼角，瞪着大眼，扮着那位老太婆发怒的怪相）。于是来了两个中国男人，两个人……妓院的两个老板，你明白，他们锁上铁栅门，把我们关在里面！我们刚好抓住他们的辫子将他们的脑袋往墙上撞，可是，劈里啪啦，又钻出来许多人，至少有一打，他们卷起袖子向我们扑过来，不过看上去有几分胆怯。我手头刚好有为旅途采购的一捆甘蔗，青甘蔗很结实，不会断，于是，你想想，我们用它来敲打那些丑八怪……"

不，显然风很大，玻璃窗在可怕的狂风下颤抖，讲故事的人匆匆讲完了，起身去看他的小艇。

另一个人说：

"我在泽诺比号上作为水兵伍长当炮兵下士时，有一天，在亚丁湾，有些卖鸵鸟羽毛的人上了船，说道（模仿那边的口音）：'你好，水兵伍长，我们不是小偷，是正经的买卖人'，我一下子就把他们赶下了船，我说：'你这个正经的买卖人，我告诉你，你首先得送我一捆羽毛，然后再看你能不能带这些蹩脚货上船。'我要是不这么傻，回来时准赚了一大笔钱！（痛苦地）不过，你知道，当时我年轻……我在土伦有一个熟人正开着一家女帽店……"

好了。这时杨恩的一个弟弟，一个面孔红红的、眼光机灵的未来的冰岛人，突然因为喝酒过多而病倒了。必须赶紧把这个小洛麦克抬

129

走，于是关于女帽商骗取鸵鸟羽毛的故事就此打住……

风在壁炉里像下地狱的人一样痛苦地嚎叫，有时风声令人胆战心惊，连房屋的石头地基都在震撼。

"我们在这里快乐，风好像不高兴。"当领港的堂伯说。

"不，是大海不高兴。"杨恩说，一面向哥特微笑，"因为我答应过娶它。"

这时，他们两人开始感到一种奇异的怠倦，在众人的兴奋谈笑声中单独相处，手拉着手，低声说话。杨恩了解酒对感官的影响，所以这天晚上一滴未沾，但他这个大小伙子现在却在脸红，因为一位冰岛人对即将来到的这一夜和他开玩笑，水手式的玩笑。

有时他也难过，突然想到西尔韦斯特……由于哥特的父亲和西尔韦斯特，大家说好今晚都不跳舞。

上甜点了，人们很快就该唱起歌来。但是在唱歌以前还要为家庭中亡故的人们祈祷。婚礼宴会上，从来就少不了这项宗教规矩。加奥老爷从白发苍苍的头上摘下帽子，站了起来，四周一片寂静，他说：

"这是为了我父亲吉尧姆·加奥。"

他一面划十字，一面为死者念拉丁文祷词："我们在天上的父，尊父的名为圣……"

教堂似的寂静现在传到了楼下，传到那一桌桌欢乐的孩子。房屋里所有的人都默默地重复那永恒的词句。

"这是为了我的兄弟伊夫和让·加奥，他们在冰岛海上遇难……这是为了我的儿子彼埃尔·加奥，他在泽利号上遇难……"

当他为加奥家所有的死者祈祷完以后，他转身朝着伊芙娜奶奶，说道：

"这是为了西尔韦斯特·莫昂。"

他又背了一遍祷词。杨恩流下泪来。

"……拯救我们脱离一切罪恶，阿门。"

接着便是唱歌。那些歌是在服役时，在快快活活的船头学来的，我们知道，那里有许多好歌手：

高贵的兵团，比得上轻步兵团，
我们的勇士们
蔑视命运，
乌拉！乌拉！真正的海员万岁！

一位男傧相以动人心弦的感伤声音唱着，其他美妙而低沉的声音唱出叠句。

然而新婚夫妻仿佛从遥远的地方听见歌声。当他们相互对视时，眼中闪着模糊的光，像是被罩上网纱的灯。他们仍然手牵着手，声音越来越低，哥特常常低下头，面对她的主人逐渐感到一种越来越强烈、越来越美妙的恐惧。

当领港员的堂伯现在围着桌子请大家尝他自己的酒。他小心翼翼地将酒拿来，抚摸着平放的酒瓶，说千万不能晃动。

他讲起了这酒的来历：有天捕鱼时，他看见大海上孤零零地漂着一个酒桶，它太大，没法弄回来，于是就在海面上将它打个洞，将船上所有的瓶瓶罐罐都接满酒，但酒还是弄不完，他们便向领港员们、渔民们打招呼，于是周围的船都朝这个新发现围了过来。

"不少人晚上回到波尔－埃旺时都醉倒了。"

风仍在可怕地怒号。

在楼下，孩子们在跳轮舞，有几个人已经躺下，都是加奥家的小小孩，但是其他人由小方代克（在法语中是弗朗索瓦）和小洛麦克（法语中是纪尧姆）领着瞎闹，坚持要去外面跳舞，时不时地打开大门，一阵阵狂风便把蜡烛吹灭了。

当领港员的那位堂伯讲完了葡萄酒的来历。他自己弄到了四十瓶酒。他请人们别对外讲，惟恐海员登记处的专员先生因他没有申报这个漂浮物而找他麻烦。

"瞧，就是这样。本该把瓶子弄干净的，要是把它们弄清爽，那里面的酒就完全是上等酒了，因为酒里的葡萄汁很浓，比潘波尔零售商酒窖里的货要浓得多。"

谁知道这桶遭遇海难的酒是从哪里来的呢？酒性很烈，颜色深，掺进了不少海水，有一股呛人的咸味，不过人们觉得味道很不错，好几瓶酒都喝光了。

人们开始有点脑子发晕了，说话声变得模糊不清，小伙子们亲吻姑娘们。

愉快的歌声还在继续，但人们在饭桌上有点心神不定，天气越来越坏，男人们交换不安的眼光。

外面那阴森的声音正变本加厉，比任何时候都更恐怖，仿佛是几千头发疯的野兽同时伸直脖子、扯开嗓门大吼，汇成一种持续不断的、极度膨胀的、恶狠狠的嗥叫。

人们也仿佛听见远处有大海炮在发出可怕的轰鸣声，这是海，它从四面撞击着普卢巴兹拉内克，不，它的确不高兴，婚礼欢宴中这种不请自来的恐怖音乐使哥特心中不安。

快到午夜了，杨恩乘风雨暂缓的间隙轻轻站了起来，示意妻子走近说话。

这是为了回家……她不好意思地脸红了，为自己站了起来而感到羞愧……接着她说抛下别人，自己先走会失礼吧。

"不会的，"杨恩回答说，"我父亲允许的，我们可以走。"

他们偷偷溜走了。

在门外，他们走进寒冷、恶风、深沉不安的黑夜中。他们手牵手地跑了起来。从这条悬崖小路的高处，可以猜到传来这些吵闹声的远处翻腾的大海，虽然眼睛看不见。风抽打着他们的脸，他们顶风弯着腰跑，有时不得不转过身去，用手捂着嘴，在使他们透不过气来的风中喘喘气。

最初他几乎拦腰把她抱了起来，免得她的裙衣拖在后面，免得她那双漂亮鞋踩在满地流淌的水里，后来他完全把她抱了起来，而且继续跑，跑得更快……不，他没有想到自己这么爱她！想想她二十三岁，他马上满二十八岁了，至少两年前他们就可以结婚，可以像今晚一样幸福。

他们终于到家了，回到潮湿地面、茅草和青苔屋顶的可怜的小家了，他们点着了一根蜡烛，但被风吹灭了两次。

莫昂老奶奶在唱歌以前就被送回家了，在她那张衣橱式的床上已躺下了两个小时，衣橱的两扇门是关着的。他们尊敬地走过去，从门缝里往里看，如果她还没有入睡就向她道晚安，但他们看见她那张可敬的面孔一动不动，眼睛闭着，她睡着了，或者假装睡着了，免得打扰他们。

于是他们感到独自相对。

他们拉着手，两人都在颤抖。他先俯下身吻她的嘴唇，但哥特没有经历过这种亲吻，别过嘴去，像订婚那晚一样，贞洁地将嘴唇贴到那张被冷风吹得冰凉的脸颊上。

他们的茅屋多么简陋，多么低矮，而且里面很冷。啊！如果哥特像以前一样富有，她会多么高兴能有一间漂亮的房间，而不是现在这样光秃秃的泥地……她还不太习惯于这种粗石墙和这些看上去笨拙的东西，但是她的杨恩在她身边，由于他在这里，一切都改变了，换了模样，她只看见他……

现在他们的嘴唇相遇，她不再避开。他们仍旧紧紧搂抱着站在那里，默默地沉醉于长长的亲吻。他们微微地喘气，呼吸交织在一起，像发高烧似的颤抖得很厉害，似乎无力挣脱拥抱，无力再进一步，除了这个长吻以外别无所求。

她终于挣脱了，局促不安地说：

"不，杨恩！……伊芙娜奶奶会看见我们的！"

然而他微笑着，又寻找妻子的嘴唇，而且很快就把自己的嘴唇贴上去，就像干渴的人被人夺去了一杯清水。

他们刚才的动作打破了魔法，结束了美妙的迟疑。杨恩最初真想跪下来，像面对神圣的圣母一样，现在又变得粗野了。他偷眼瞧瞧那张衣橱式的老床，为离老奶奶这么近而感到不便，寻找一个不被她看见的保险办法。他一面吻着那甜美的嘴唇，一面朝背后伸出手臂，用手背将灯弄灭，就好像被风吹灭一样。

接着，他猛然将她抱了起来，用他的方式抱着她，嘴唇始终贴着嘴唇，像一头将吞食捕获物的野兽。她呢，听任他裹挟自己的身体，自己的心灵，这种裹挟是蛮横的，无法抗拒的，但又是甜蜜的，像是包住全身的长长的爱抚，他将她抱到暗处那张城里式样的漂亮的木床上，那是他们的新房……

在他们新婚之夜，看不见的乐队仍然在他们周围演奏。

呜呜呜！……呜呜呜！……风有时在盛怒的颤抖中发出低沉的呼啸，有时又用猫头鹰那尖细的声音不断地在你耳边轻轻恫吓，凶恶而不露声色。

而海员们的大坟墓近在咫尺，这个变化不定、吞噬一切的大海正用同样低沉的声音撞击着悬岩。迟早有一天夜晚，人们会被它抓住，在黑黑的、冰冷的、疯狂翻腾的水中挣扎，他们很清楚……

那又有什么关系呢！眼前他们在陆地上，避开了那场毫无结果的、反过来作贱自己的惊涛骇浪。在被风吹打的简陋而阴暗的房子里，他们相互委身，忘记了一切，忘记了死亡，在爱情永恒的魔力中感到陶醉和美妙的迷惑。

8

他们做了六天的夫妻。

出发期将到，人人都忙于冰岛的事。干重活儿的女人们往船的贮藏舱里堆满做盐卤用的盐。男人们整理帆缆索具。在杨恩家里，母亲和妹妹们从早到晚准备雨帽、帆布雨衣、出海的一切装束。天气阴沉，大海已经感到春分将至，躁动不安。

哥特焦虑地承受这些严酷的准备工作，一面掐指算每天飞逝的钟点，等待黄昏，工作一结束，她的杨恩便归她独有。

以后每年他也要这样走吗？她真希望能留住他，但不敢从现在就和他谈……但他也是爱她的。和从前的情妇在一起时，他从未有过这种感觉，不，这是完全不同的，这是一种充满信任的、纯真的爱情；同样的亲吻，同样的拥抱，但用在她身上就成了另一种东西。每天晚上，他们两人陶醉在爱河中，相互的迷恋与时俱增，以致凌晨来临时还不满足。

使她惊奇与着迷的，是发现他如此温柔，如此充满稚气。她曾见过杨恩在潘波尔对爱慕他的姑娘趾高气扬，相反，他对她始终很殷勤，仿佛出自他本性的殷勤。当他们的目光相遇时，她喜欢他那和气的微笑。这是因为这些纯朴的人们认为妻室是威严的，并且生来就敬重它。妻子与情妇有天壤之别，情妇是玩乐的对象，不屑的一笑就能把头天夜里的亲吻抛得干干净净。而哥特，她是妻子，在白天他根本忘记了他们的亲抚，因为那算不了什么，既然他们现在是合为一体，而且共度此生。

她为自己的幸福担心，它似乎太出乎意料，像梦境一样不稳定。

首先，杨恩的爱情是否能持久？……她有时想起他的情妇、他的激动、他的艳遇，于是她害怕了。他能永远对她怀着这种无尽的爱，这种温柔的尊重吗？……

六天的婚姻生活，对于他们这样的爱情来说，的确算不了什么，只是生命中一小点热情的甜头，生命在他们前面还很长！他们不过是刚刚彼此说话，彼此看见，知道彼此属于对方。他们共同生活、享受宁静的欢乐、布置家庭的种种计划不得不推迟到他回来……

啊！将来无论如何不让他再去那个冰岛了！可是该怎样做呢？两人都没有钱，该怎样生活呢？何况他那么爱他那航海的职业……

不管怎样，以后她要努力留住他，她要投入全部毅力，全部智慧，全部感情。当冰岛人的妻子，每年一到春天就发愁，在痛苦的担忧中度过每个夏天，不，她如此爱他超过自己的想象，未来的年月使她不寒而栗……

他们只有一个春日，唯一的春日。那是出发的前一天。帆缆索具都已在船上安置整齐，杨恩和她待了一整天。他们挽着手臂在小路上散步，相互依偎着，有说不完的话。人们微笑着看他们走过：

"这是哥特和波尔－埃旺的大杨恩……他们刚刚结婚！"

这最后一天是真正的春天。突然间看见这一片宁静，真是既特别又新奇。往常动荡不宁的天空现在竟然万里无云。没有一丝风。大海变得温柔，处处是同一种淡蓝色，平静安详。太阳发出耀眼的白光，布列塔尼崎岖不平的这一带浸满了阳光，仿佛浸满了一种罕见而纤细的东西。这地方仿佛欢快起来，恢复了生机，连最遥远的深处也是如此。空气变得悦人地温和，有夏天的味道，真仿佛它永远凝止在这里，不会再有阴天和风暴。不再有云彩多变的阴影投射到岬角和海湾上，因此它们永恒的粗大线条在阳光下显现出来，它们又似乎在永无止尽的平静中休息……这一切使他们爱情的节日变得更甜蜜也更永恒。沿着沟边已经出现了早开的花朵，报春花或纤弱而没有香味的蝴蝶花。

哥特问道：

"你会爱我多久，杨恩？"

他很吃惊，用那双美丽而坦诚的眼睛盯着她说：

"当然是永远，哥特……"

从他那不善言词的口中吐出来的这句朴实的话，似乎意味着真正的永恒。

她靠在他手臂上。在美梦成真的欣喜中，她紧紧靠着他，但仍然不安，感到他像一只停栖片刻的大海鸟……明天即将飞向大洋！……这头一次是来不及了，她没法不让他走……

从他们散步的悬崖小路上，可以俯瞰整个海滨，那里没有一棵树，地上爬满了矮矮的荆豆，还布满了石头。这里那里有些渔民的房屋，它们都建在岩石上，花岗石老墙，茅草屋顶，屋顶很高，成驼背形，上面长出绿色的新苔藓，最远端是海，它像一个半透明的幻象，勾划出一个巨大而永恒的圆圈，似乎包纳了一切。

她高兴地向他讲起了关于她曾住过的巴黎那些令人吃惊的美好事物，然而他倨傲地不感兴趣。

"离海岸那么远，"他说，"那么多陆地，陆地……一定不卫生。那么多房子，那么多人……城里肯定有些怪病，不，我可不愿意住在城市里，当然不愿意。"

她微笑着，这个大小伙子居然像一个幼稚的孩子，她感到吃惊。

有时他们走下洼地，那里长着真正的树，它们仿佛蹲在低处躲避海风。洼地的视野很窄。地上是堆起来的落叶和寒冷的湿气，两旁长着绿色荆豆的凹路在枝条下变得阴暗，接着又在穿越某个小村落时变窄了，因陈旧而摇摇欲坠的、黑黑的村落孤零零地在凹处沉睡。在枯枝中间，他们常常看见高高的十字架，上面巨大的木头基督像像尸体一样被虫蛀蚀，基督现出无限痛苦的表情。

在这以后，小路往上走，他们又恢复了辽阔的视野，又呼吸到高处和海岸那振奋精神的空气。

杨恩也讲起了冰岛，没有黑夜的苍白夏天里斜斜的、永远不落山的太阳。哥特不太明白，让他解释。

"太阳绕圈子，绕圈子。"他说，一面伸出手臂，朝蓝色海水远处的圆圈划了一下，"太阳总是低低的，因为，你明白，它没有力气升起来。午夜时，它的边沿只在海里浸了一下，然后它又立刻起来继续环行。有时，月亮也出现在天空的另一端。它们同时工作，各占一边，又如此相似，简直分不出来了。"

午夜见到太阳！……这个冰岛一定很远吧。那么峡湾呢？哥特在遇难者教堂内的死者名字上曾经不止一次地看见这个词，它仿佛指一种不吉利的东西。

"峡湾嘛，"杨恩说，"是大海湾，就像这里的潘波尔海湾，只不过周围是山，高高的山，谁也不知有多高，因为上面全是云。跟你说，哥特，这地方很凄凉。石头，石头，只有石头，岛上的人根本不知道什么是树。八月中，我们捕完鱼，就得离开，因为开始了黑夜，它很快就拉长了。太阳落到地平线下再也起不来，整个冬天那里都是黑夜。"

"而且，"他继续说，"在一个峡湾里，也有一个小小的海滨墓园，和我们这里一样。它是为在捕鱼期死去或在海上遇难的潘波尔人修的。那也是圣洁的土地，和波尔－埃旺一样。墓前也有和这里一样的木十字架，上面写着死者的姓名。普卢巴兹拉内克的两个戈阿迪乌都埋在那里，还有西尔韦斯特的爷爷纪尧姆·莫昂。"

她仿佛看见在没有尽头的白日的淡红色光线中位于荒凉岬角脚下的那座小墓园。接着她想到那些在冰原之下，在和冬天一样漫长的黑夜的黑裹尸布之下的死者。

"你总是在，总是在钓鱼吗？"她问道，"从来也不休息？"

"总是在钓鱼。此外还要驾船，因为那边的海并不总是平平静静的。当然啰！晚上很累，吃晚饭时胃口很好，有时真是狼吞虎咽。"

"从来也不觉得厌倦？"

"从来不！"他说，那种坚决的语气使她不快，"在船上，在海上，我可从来不觉得时间难熬，从来不！"

她低下头，更加感到难过，更加感到被大海占了上风。

139

第五篇

1

……他们度过了这个春日，最后是黑夜降临，又带来了冬意。他们回家坐在用枝条燃烧的火前吃饭。

这是他们最后一次同桌吃饭！……不过他们还有整整一夜可以拥抱着睡觉，这种期待使他们暂时还不感到悲伤。

晚饭后，他们出门去波尔－埃旺，又感到几分温暖的春意，空气宁静，几乎是暖和的，所剩无几的暮色正久久地滞留在田野上。

他们去父母家，杨恩向他们告别，然后便早早回来睡觉了，因为第二天拂晓就要起床。

2

第二天早上，潘波尔码头上人山人海。冰岛人的出航从前两天就开始了，每次涨潮都有一批船驶向大海。这天早上有十五艘船和莱奥波尔丁号一同启程，这些海员的妻子或母亲都来送行。哥特惊异地看到自己也混到她们中间，自己也成了冰岛人的妻子，也为了同样命中注定的原因来到这里。在几天之内，她的命运刚刚发生巨大的改变，她还没有来得及清楚地理解现状。她在一个陡坡上无法抗拒地往下滑，到达了这个结局，这个严峻的结局，现在她必须承受，就像其他对此习以为常的女人一样……

她从未到现场见过这些告别的场面。这一切都新鲜而陌生。女人们中间没有和她相似的，她感到孤单，与众不同。她过去是小姐，无论如何这一点仍然存在，将她与其他人隔开。

分离的这一天天气仍然晴朗。海上只有从西面来的沉沉的大浪，预示要起风。大海在港湾外的远处碎成浪花，它在等待这些人。

……在哥特周围，还有一些像她那样漂亮，像她那样含着热泪、楚楚可怜的女人。也有些漫不在意、嘻嘻哈哈的女人，她们没有心肝或者目前还没有爱上任何人。一些老妇人感到死期将至，流着泪与儿子告别。情人们长久地嘴对嘴地亲吻。一些微醉的海员在唱歌取乐，另一些海员愁眉苦脸地上船，仿佛要去受难。

还发生了几件野蛮的事。有些倒霉的人某天在酒馆里莫名其妙地签了合同，现在被押上船，他们的妻子和警察一同把他们推上去。另一些人身强力壮，别人怕他们反抗，便预先将他们灌醉，用担架抬上船，然后把他们像死人一样扔到舱底。

哥特恐怖地看着他们从面前走过。她的杨恩将生活在什么样的同伴之间呢？去冰岛捕鱼这个职业是这么可怕吗，以至采取这种做法，以至使人们如此胆战心惊？……

不过也有些海员在微笑，他们大概像杨恩一样喜欢海上生活和捕鱼。这些人是好样的，容貌高贵而美好，其中没有结婚的人最后瞧瞧姑娘们，然后无忧无虑地走了，结了婚的人则与妻儿们吻别，带着轻轻的离愁也怀着发财回家的希望，哥特看到莱奥波尔丁号上的人都是如此，感到几分宽慰，这的确是一组好船员。

船被汽轮拖着，两艘一组、四艘一组地开出去了。船一开动，水手们便摘下帽子，高声唱起赞美圣母的颂歌：《致敬，大海之星！》，女人们在码头上挥手道别，眼泪流到帽子的下沿上。

莱奥波尔丁一开走，哥特便快步朝加奥家走去。她走上去普卢巴兹拉内克的熟悉的小路，沿着海边走了一个半小时便来到了陆地的尽头，来到她的新家庭。

莱奥波尔丁号要在波尔－埃旺前的大锚地停泊，傍晚才最后开走，因此他们约定在这里最后再见一面。他的确乘着大船上的小快艇回来了，回来待三个小时向她告别。

在陆地上感觉不出海浪，仍然是同样晴朗的春天，同样宁静的天空。他们挽着手臂，在大路上走了一会儿。这使他们想起了昨天的散步，只是晚上他们不能再相聚了。他们漫无目的地走，朝着潘波尔方向，不久就在无意之中，不知不觉地来到他们的房子前面，他们最后一次走了进去，伊芙娜奶奶看见他们一同出现，真是吃了一惊。

杨恩嘱咐哥特照料他留在衣橱里的许多小东西，特别是结婚穿的漂亮礼服，有时要打开来晒晒太阳。水手们在军舰上都学会这样做。哥特微笑地看着他这副精明的样子，他完全可以放心，所有属于他的东西都会受到精心的照料和保管。

其实，对他们来说，这些事是很次要的，他们是为讲话而讲话，以转移自己的情绪……

杨恩讲他们刚才在莱奥波尔丁号上就钓鱼的位置抽了签，他很高兴得到了一个最好的位置。哥特对冰岛的事几乎一无所知，又让他讲一讲。

"你知道，"他说，"在我们船舷的上沿，有些地方打了孔，我们叫作'麦加孔'，在那里装上小滑车支架，我们的钓鱼线就从那里放出去。所以，出发以前，我们就掷骰子或用小水手的帽子装着号码抽签来决定谁占哪个孔，每个人都有一个孔，在整个捕鱼期都不改变，谁也无权换地方钓鱼。我的岗位是在船的尾部，你知道，那里的鱼最多，而且它靠着桅的侧支索，那里可以挂一块布，一件雨衣，总之一个小小的遮挡物，避免雪或冰雹扑打面孔，这很管用的，你知道吗，遇到黑黑的风暴时，皮肤就不会那么灼疼了，眼睛也能长久地看清楚。"

　　……他们轻轻地、轻轻地说话，仿佛害怕把剩余下来的那点时光吓跑了，害怕让时间溜得更快。他们的谈话很特别，像一切即将无可挽回地结束的东西，他们谈到的最不足轻重的小事这一天似乎也变得神秘和至高无上……

　　临走前最后一分钟，杨恩将妻子抱了起来，他们不说话，紧紧拥抱，久久地、默默地拥抱。

　　他上了船，灰色的船帆迎着微弱的西风张开了。她还能辨认他，他在按照约定的方式挥动帽子。她久久地注视杨恩的身影在海面上远去。这个站着的小小的人影，淡蓝色海面上的黑点，还是他，但已经朦胧不清，慢慢消失在远方，她一直凝视的眼睛开始模糊，再看不清楚了……

　　……莱奥波尔丁号越驶越远，哥特仿佛被磁石吸着，沿着悬崖跟在后面走。

　　不久她不得不停下，因为这是陆地的尽头，于是她在荆石和乱石中的最后那个大十字架跟前坐了下来。由于这是一个制高点，从这里望过去，大海的远方似乎在升起，仿佛远去的莱奥波尔丁号也在渐渐升高，在这个一望无际的圆圈的斜面上变得很小。海水在大幅度地缓慢起伏，仿佛是在地平线后某处发生的可怕风暴的最后余波，然而在杨恩所在的视野的深处，一切仍然平静。

　　哥特仍在注视，想将那艘船的形态、桅帆的影像和船体刻在记忆中，以便当它返航时，她在这里就能认出它，期待它。

　　高高的巨浪继续从西方涌来，很有规律地一个接着一个，无休无止，片刻不停，继续作无效的努力，碰撞在同样的岩石上，涌上和淹没同样的沙岸。空气与天空一片宁静，海水却在低沉地骚动，久而久之显得很奇怪，仿佛是因为海床里的水太满，必须溢出来侵占海滩。

莱奥波尔丁号渐渐缩小，远去，消失，大概是被潮流载走，晚风很微弱，但船驶得很快，现在成为一个灰色的小斑，几乎只是一个小点，很快就到达视线中那个圆圈的极端，进入开始黑暗的无穷无尽的远方。

晚上七点钟，天黑下来，船已不见踪影，哥特往家里走。她仍在不断流泪，但总的说来相当坚强。如果他走时仍像前两年一样，甚至不与她告别，那会是何等不同的感觉，何等阴沉的空虚！而现在一切都变了，变柔和了。她的杨恩完全属于她，虽然他走了，但她感到他的挚爱，因此在独自回家时，她至少感到安慰和美好的期望，等待他们相互约定的秋天的"再见"。

3

夏天过去，忧郁、炎热、平静。她盼着第一批发黄的叶子，第一批燕子和菊花。

她通过雷克雅未克的邮船和巡洋舰给他捎去好几封信，但永远不知道信是否到达他手中。

七月底，她收到他一封信。信是当月十号写的，他说自己身体很好，捕鱼将获得丰收，他本人已经捕了一千五百尾鱼。整封信的措词十分幼稚，是按照冰岛人写家书的统一格式写的。受过杨恩这种教育的人根本不善于细致地表达他们的思想、感觉与梦想。她比杨恩有教养，能估计到这一点，能在字里行间看出没有表达的深深的爱情。在这四页信纸中，他不止一次地称呼她妻子，似乎觉得一再重复是种乐趣。信封上是：普卢巴兹拉内克 莫昂家 玛格丽特·加奥夫人。仅仅这个地址就使她快活地一读再读。玛格丽特·加奥夫人！她还刚刚被人这样称呼……

4

在夏天的这几个月里，她勤奋工作。潘波尔的女人们最初不相信她这个临时缝纫工的手艺，说她那双小姐的手过于细嫩，但后来看到她很内行，缝制的裙衣适合她们的身段，因此，她几乎成为了著名的裁缝。

她赚的钱都用来美化住所，好迎接他归来。衣橱，老旧的上下床铺都被修补、打蜡，装上闪光的金属配件。朝海的天窗装上了玻璃和窗帘。她还买了一床新被过冬，一张桌子和几把椅子。

这一切都没有动用杨恩临走时留下的钱，她把他的钱完完整整地保存在一个中国小匣里，等他回来时给他看。

夏天傍晚，在白日的余辉中，她和伊芙娜奶奶坐在门口。老奶奶在热天里头脑和思想要清楚得多。哥特为杨恩织一件渔夫穿的漂亮的蓝毛衣，领口和袖口织成复杂的、镂空的花样。伊芙娜老奶奶年轻时是织活儿能手，她渐渐回忆起当初的针法，教给哥特。这件衣服用了不少毛线，因为给杨恩穿，必须宽宽大大。

此时，尤其到了晚上，人们开始意识到白天越来越短。某些在七月份生长茂盛的植物，现在已经发黄，显得奄奄一息，而疥疮般的蝴蝶花又在小路边上开放，长长的茎上是小小的花朵。八月最后的几天终于到了。一天傍晚，第一艘冰岛船出现在波尔－埃旺的岬角。回归的节日开始了。

人们汇聚在悬崖上欢迎它，这是哪艘船呢？

是萨缪尔－阿泽尼德号，它总是打头。

"肯定，"杨恩的老父亲说，"莱奥波尔丁号很快就会回来。我了解那边，只要一条船返航，其他船就待不住了。"

5

冰岛人回来了。第二天回来两条船，第三天是四条船，第二个星期是十二条船。他们带回了欢乐，于是这里的妻子们、母亲们都高高兴兴，小酒馆里也是高高兴兴，潘波尔的漂亮姑娘们给渔夫们斟酒。

莱奥波尔丁号属于迟到的一批。还缺十艘船，很快会回来的。哥特内心里预定为最长的期限——一个星期，这样免得失望。一想到杨恩将回来，哥特怀着美妙的狂热心情等待，家里安排得井井有条、干干净净、清清爽爽，等着欢迎他。

一切安排妥当，她再也无事可做，而且，焦急的等待使她没有心思做什么事。

三艘迟到的船回来了，接着又是五艘。只有两艘船没有回来。人们笑着对她说：

"看来今年是莱奥波尔丁号或者玛丽－雅妮号扫尾了。"

哥特也笑了。在等待的快乐中，她更活泼也更美丽。

6

然而，一天又一天过去了。

哥特依旧穿戴整齐，表现出欢快的样子，去港口和别人聊天。她说这种迟到是正常的，每年不都有这种事吗？啊，首先是这么好的船员，又有这么好的船！

然后她回到家中，傍晚时开始由于焦虑不安而战栗。

她真感到害怕了，这么快？……真出了什么事？……

她为自己害怕而感到恐惧……

7

九月十号！……日子过得飞快！

一天早上，大地已经蒙上寒冷的薄雾，这是真正的秋日清晨。太阳升起时，哥特早已坐在遇难者教堂的门廊里，坐在寡妇们祈祷的地方。她闭眼坐着，太阳穴仿佛被箍在铁环里。两天以来已经出现了黎明时分阴沉的薄雾，哥特醒来时感到冬意，更为伤心与不安……这一天，这个钟点，这一分钟，比以前多了什么呢？……船晚回十五天，甚至一个月，也是有过的事。

今天早上大概有点特别，因为她第一次来坐在教堂的门廊下，重读死去的年轻人的名字。

纪念

伊冯·加奥

于诺尔登一峡湾附近遇难。

…………

一阵狂风从海上吹来，像是剧烈的战栗，与此同时，什么东西像雨点一样倾泻在教堂圆顶上，是落叶！……一大堆落叶被吹进门廊。院子里枝叶蓬乱的老树被海风摇晃，叶子纷纷落下。冬天来了！……

·············
于诺尔登一峡湾附近遇难，

在一八八〇年八月四日至五日风暴中，

·············

她机械地念着，一面用眼睛透过尖拱形的门搜寻远方的大海。今天早上，大海在灰雾下模糊不清，远处上空的带状云像丧幡一样悬在那里。

又是一阵风，落叶飞舞着被吹了进来。风势更猛，在海上曾散播那么多死亡的西风似乎想摇晃那些牌位，使活人忘记死者的名字。

哥特不由自主地死死盯住墙上的一处空白，它似乎带着可怕的顽念在等待。她在想也许很快就在那里挂上一个新牌位，写上另外一个名字，但即使在心里她也不敢在这种地方说出那个名字。

她感到冷，仍然坐在石凳上，头仰靠在石墙上。

·············

于诺尔登一峡湾附近遇难，

在一八八〇年八月四日至五日的风暴中，

年二十三岁……

愿他安息！

她眼前出现了冰岛，还有那边的小墓园。从下面被午夜的太阳照亮的、遥远、遥远的冰岛……突然，仍然在墙上这个似乎在等待的空位置上，她产生了清晰而可怕的幻觉：她想到的那个新牌位，崭新的

149

牌位，骷髅头，交叉的死人骨头，中间是一个闪亮的名字，她所钟爱的名字，杨恩·加奥！……她一下子站了起来，像疯子一样，喉咙发出嘶哑的叫声……

在外面，大地仍然蒙罩着清晨灰色的薄雾，枯叶仍然飘落进来。

小径上有脚步声！有人来？她笔笔直直地站了起来，用手整理一下帽子，换一副平静的表情。脚步声近了，有人要进来。她很快假装偶然来到这里，决不愿意此刻就像是遇难海员的妻子。

来人正是芳特·弗卢里，莱奥波尔丁号上大副的妻子。她立刻明白哥特在这里做什么，不必瞒她。最初，这两个女人相对无言，更感到恐惧，由于在同样可怕的感情中相遇而埋怨对方，几乎仇恨对方。

"特雷吉耶和圣布里厄克的人一个星期以前就都回来了。"芳特最后说，声音低沉，仿佛恼怒而无情。

她带来一支蜡烛许愿。

"啊，对了……许愿……"哥特还不愿意想到这一点，想到悲痛无助的女人的办法。她一言不发地跟在芳特后面走进教堂，两人挨着跪下，就像两姐妹。

她们热切地用整个心灵向大海之星圣母祈祷。接着便发出呜咽声，骤雨般的泪珠开始落在地上……

她们站起来时更为平静，更充满信心。哥特摇摇晃晃，芳特扶着她将她抱在怀里，亲吻她。

她们擦去眼泪，整理一下头发，将裙子双膝处沾上的硝末尘土掸去，然后默默地各走各的路。

这个九月底像又一个夏天，只是有点忧郁。今年天气可真好，看不见落叶像苦雨一般落到地上，简直是欢快的六月份。丈夫、未婚夫、情人们都回来了，处处洋溢着第二个爱情之春的欢乐……

终于，有一天，未归的两艘冰岛船中的一艘在海面上出现了。是哪一艘呢？

很快，女人们聚集在悬崖上，默默无言、焦躁不安。

哥特也在那里，全身颤抖，面色苍白，旁边是杨恩的父亲。

"我相信，"老渔夫说，"我相信这是他们。红色的船舷弧线，装有滚轴的中帆，很像是他们的船，你说呢，哥特，我的女儿？"

"啊不，"他立刻失望地说，"不，我们又弄错了，辅助帆桁不一样，那里还有一个后桅支索帆。算了，这一次不是他们，是玛丽－雅妮号。啊！不过他们很快会回来的，肯定的，我的女儿。"

一天天地过去。每个夜晚都按时来临，带来无情的平静。

她仍然打扮得整整齐齐，仿佛有点精神失常。她最怕像一个遇难者的妻子。别人用怜悯和神秘的神气看她时，她很恼火，在路上也避过脸去，免得看那些使她寒心的目光。

现在她养成了习惯，每天清早就去到陆地的尽头，去到波尔－埃旺的高高的悬崖上，她从杨恩老家的后面绕过去，免得被他母亲和妹妹们看见。她独自来到普卢巴兹拉内克的尖端，那地方凸出在灰色的英法海峡之上，像是鹿角，她在俯瞰浩瀚大海的一个孤立的十字架前坐下，一坐一整天……

到处都有这种花岗石十字架，它们矗立在这片渔民之乡突出的悬崖高处，仿佛在祈求恩典，仿佛在宽慰那不断变化、神秘莫测的庞大东西，它吸引男人却不将他们归还，而且往往将其中最勇敢、最漂亮的留给自己。

在波尔－埃旺这个十字架四周，是铺满矮荆豆的、永远呈绿色的荒原。在这个高处，大海的空气十分纯净，几乎没有海藻的咸味，却充满了九月的芬香。

远处是海岸上参差不齐、层层叠叠的岩石，布列塔尼土地的尖端成锯齿形，延伸到海水平静的虚空之上。

最近处的海面上有许多岩石，再过去，海面便光滑如镜。从所有的海湾传来大海那轻微而无限的、亲抚的声音。远处如此平静，深处如此温柔！无边的蓝色虚空，加奥家的坟墓，始终保持着无法识破的奥秘，而像呼吸一样轻微的风正将在最后的秋阳下开花的低矮染料木的香气吹送到四方。

在某些固定时刻，大海退潮，到处都出现越来越大的斑点，仿佛英法海峡在慢慢枯竭，然后，海水又缓缓上涨，继续它永恒的往返运动，根本不理会死人。

哥特一直坐在十字架下，待在那一片寂静之中，始终在凝视，直到黑夜降临，直到什么也看不见。

9

九月刚刚结束。她不再进食，不再睡觉。

现在她一直待在家里，两手夹在膝间蹲着，头仰靠在后面的墙上。何必再起床，何必再睡觉呢？她精疲力竭时连衣服也不脱就往床上一倒。否则她就坐在那里冻僵，木然不动，冷得牙齿直打战。她始终感到头部被一个铁环箍着，感到两颊下垂，嘴里发干，有一种发烧的味道，有时她喉头发出嘶哑的呻吟，一阵一阵的、长长的、长长的呻吟，她的头往花岗石墙上碰撞。

或者她呼唤他的名字，轻声地，温柔地，仿佛他就在身边。她向他倾诉爱情。

偶尔她也想些别的事，想些无足轻重的小事，例如瞧着那尊陶制圣母像和圣水池在西斜的阳光中投向床顶木板上的、慢慢拉长的阴影。接着焦虑卷土重来，而且更为可怕，于是她又呻吟起来，用头撞墙……

白天的每个小时一一过去了，接着是傍晚的每个小时，夜里的每个小时，清晨的每个小时。当她计算多久以前他就该回来时，一种更大的恐惧攫住了她，她不愿意再知道日期，也不愿再知道当天是什么日子。

一般来说，冰岛海难总会有些迹象，返航的人或者远远看见了这幕悲剧，或者见到了残片、尸体，总会有某种迹象使人们猜到发生的事。然而，不，关于莱奥波尔丁号，人们什么也没有看见，什么也不知道。玛丽-雅妮号的人是在八月二日最后见到那条船的，它肯定是去了更北边捕鱼，在这以后就是无法识破的奥秘了。

等待，在一无所知中永远等待！什么时候她才能够不再等待呢？她不知道，现在她几乎急于尽早结束这一切。

啊！如果他死了，人们至少应该发发慈悲，将死讯告诉她！……

啊！看到他，看到他此刻的样子，他本人或他的残骸！……但愿被她苦苦祈求的圣母，或者像圣母一样的其他神力能可怜她，赋予她第二种视力，使她能看见她的杨恩！他活着，正在驾船回来，或者他死了，尸体被海浪冲着……至少应该有确定的消息！明白是怎么回事！……

有时她突然感到地平线尽头出现了船帆，莱奥波尔丁号驶近了，正往回赶！于是她不自觉地立刻站起来，跑去看大海，看是不是真的……

她颓然坐了下来。唉！莱奥波尔丁号此刻在什么地方呢？它又能在哪里呢？当然是在那边，在遥远而可怕的冰岛，它已被抛弃，破成碎片，沉没了……

最后总是这同一个幻象，挥之不去的幻象：一艘裂开的、空空的难船在淡灰色的、静寂的海面上摇晃，慢慢地、慢慢地摇晃，悄然无声，仿佛出于嘲弄，在一片沉静的死水怀抱中十分轻柔地摇晃。

10

凌晨两点钟。

哥特每到夜里就屏息倾听走近的脚步声。只要有一点动静，有一丝反常的声音，她的太阳穴就剧烈跳动。她对外面的声音感到如此紧张，久而久之，太阳穴疼痛难忍。

凌晨两点钟。这天夜里如往常一样，她两手合十，睁着眼睛待在黑暗里，听着风在荒原上发出永恒的呼声。

突然传来男人的脚步声，小路上急促的脚步声！在这个钟点谁会来呢？她直起身子，连灵魂深处都在战栗，心脏停止跳动……

来人停在门前，走上小石阶……

是他！……啊！天赐的快乐，是他！来人敲门，这还会是别人吗？……她光脚站着，这么多天以来如此衰弱的她像猫一样灵活地跳起来，伸出双臂去拥抱亲爱的人。莱奥波尔丁号大概是夜里到的，停在对面的波尔－埃旺海湾里，所以他赶紧跑来，她脑子里像闪电一样闪过这一切。她现在迫不及待地拉开那坚硬的门闩，连手指都被门钉划破了……

…………

"啊！……"她慢慢后退，沮丧地垂下了头。她这个疯女人的美梦破灭了。来人是她们的邻居芳代克……等她明白这不过是他，空气里没有杨恩一丝一毫的踪影时，她感到自己又渐渐坠入原来的深渊，落入原来的可怕绝望的深处。

可怜的芳代克表示道歉，谁都知道他妻子病得厉害，现在他孩子得了一种喉咙的急病，在摇篮里透不过气来，因此他过来请求帮助，他要跑到潘波尔去请医生……

这一切和她有什么关系？她在痛苦中变得孤僻，对别人的困难已经无能为力了。她跌坐在长凳上，面对着他，像死人一样眼睛直瞪瞪的，既不回答，也不听他讲，甚至不看他。这个人讲的事和她有什么关系？

于是他明白了一切，猜到她为什么这么快就开了门，他为刚才使她痛苦而怜悯她。

他结结巴巴地请求原谅。

对，他不该打扰她……她！……

"我！"哥特赶快回答说，"为什么不能是我呢，芳代克？"

生命突然又回到她身上，因为她还不愿意成为人们眼中的绝望者，她决不愿意。再者，她也可怜他，她穿好衣服跟他去，而且有精神去照料他的小孩子。

她在四点钟时回家，由于太累，倒在床上睡了一会儿。

但是，那巨大欢乐的一刻在她脑中留下了一个无论如何难以忘却的印象。她很快便突然惊醒，想到了什么事，上身直立起来……关于杨恩有一点新消息……她的思想又混乱起来，她急匆匆地在脑子里寻找，寻找是怎么回事……

"啊！没什么，唉！没什么，只是芳代克。"

于是她第二次坠入原来的深渊底处。不，事实上，她那毫无希望的、死沉沉的等待没有任何变化。

然而，刚才感到他离自己这么近，这就好比是他身上的某个东西回来了，在四周飘浮。在布列塔尼，这就叫作"预兆"。她更注意外面的脚步声，预感到有人也许会来谈到杨恩。

果然，天亮以后，杨恩的父亲来了。他摘下帽子，掠掠漂亮的白发，它和儿子杨恩的头发一样是卷曲的。他靠近哥特的床坐下。

他也满心忧虑，因为他的杨恩、英俊的杨恩是长子，是他最欢喜的孩子，是他的骄傲。但是他不绝望，真的不绝望，至今还不绝望。他开始温柔地安慰哥特。首先，最后一批从冰岛回来的人都谈到浓雾，很可能是它耽误了那条船，其次，他突然有个想法，也许他们暂时去费罗埃群岛了，群岛位于这条航道的远处，从那里来信总是要费很长的时间。四十多年前，他自己就出过这种事，他现已过世的可怜的母亲当时都已经请神父为他做超度的弥撒了……莱奥波尔丁号是那么漂亮的船，几乎是新船，船员们又都是能干的水手……

老莫昂奶奶摇着头在他们周围走来走去，孙女的悲痛使她几乎恢复了力气和神志。她收拾屋子，常常望着挂在石墙上的西尔韦斯特的小肖像，肖像已经发黄，上面仍旧有海锚和黑珠子编的花圈。不，自从大海夺去了她的孙儿以后，她不再相信海员能归来，她祈祷圣母只是出于恐惧，只是用可怜的衰老的嘴唇蠕动，而心中对圣母怀有忿懑的怨恨。

然而哥特如饥似渴地听着这些安慰的话，深情地用有黑圈的大眼睛看着这位与爱人如此相像的老人。只要他在这里，在她身边，就是对死亡的抵御，她感到更放心，与她的杨恩更靠近。她的眼泪往下流，默默地，令她稍稍得到安慰，她内心仍在热切地向大海之星圣母祈祷。

也许船受到了损伤而去群岛歇一歇，这的确是可能的。她起身，理理头发，梳洗一下，仿佛他会回来。既然他，杨恩的父亲，并不绝望，那么并不是毫无希望了。她又开始等待了好几天。

已经是秋天，深秋了。阴森的黑夜来临，在老茅屋里很早就黑了下来，在周围古老的布列塔尼地区也黑得很早。

就连白天也似乎是黄昏。厚大的云朵缓缓飘过，突然间使正午阴暗下来。风声依旧，像教堂大管风琴发出的遥远的声音，奏的是凶恶或绝望的乐曲。有时风顶在门口，像野兽一样咆哮。

她变得十分苍白，日益衰弱，仿佛衰老已经用脱了毛的翅膀碰过她。她经常动动杨恩的东西，他那套结婚礼服，她像有怪癖的人一样将衣服抖开又叠起来，特别是他的一件蓝绒紧身衣，那件衣服还保持着他身体的形状。将它轻轻摊在桌子上，它会按照习惯自动地凸出他的两肩和胸部，因此她最终将它单独放在衣橱中的一格，不愿意再挪动它，让它长久地保存这个印迹。

每天傍晚，冷雾从地面升起，于是她看着窗外那凄凉的荒原，从这里那里的茅屋里开始飘出了缕缕白烟。各处的男人都已回家，像被寒冷赶回来的候鸟。在这么多火炉前，傍晚聚谈一定十分温馨，因为在冰岛人之乡，爱情的新春与冬季同时开始。

哥特紧紧抱住杨恩可能在群岛暂停的想法，恢复了希望，又开始了等待……

157

11

他永远没有回来。

八月的一个夜晚，在那边，在阴沉的冰岛海面上，在狂暴的喧哗声中，举行了杨恩与大海的婚礼。

大海从前也是他的奶母，是它摇他入睡，使他长得又高又壮，当他成为美貌男子时，它又重新独自占有他。这可怕的婚礼被笼罩在深深的奥秘中。黝黑的帷幔始终在上方不停地晃动，那是为了掩盖婚礼的、不断变化和翻腾的布帘。新娘张开喉咙，发出可怖的吼声以压倒人们的喊声。杨恩想起了他那有血肉之躯的妻子哥特，在巨人的斗争中，奋力抵抗那位坟墓的新娘，最后筋疲力尽，只好张开双臂接受它，像垂死的公牛深沉地大叫一声，嘴里已经浸满了水，张开的两臂伸得开开的，永远僵住了。

在这个婚礼上，他从前请过的人都在场。全都在场，只有西尔韦斯特除外。他安息在远方的迷人花园里，很远很远，在地球的另一面……

[全书完]

"化境"说的理论与实践

人类的翻译活动由来已久。可以说语言产生之后，同族或异族间有交际往来，就开始有了翻译。古书云："尝考三代即讲译学，《周书》有舌人，《周礼》有象胥〔译官〕"。早在夏商周三代，就已有口译和笔译。千百年来，有交际，就有翻译；有翻译，就有翻译思考。历史上产生诸如支谦、鸠摩罗什、玄奘、不空等大翻译家，也提出过"五失本三不易""五种不翻""译事三难"等重要论说。

早期译人在译经时就开始探究翻译之道。三国魏晋时主张"因循本旨，不加文饰"，认为"案本而传"，照原本原原本本翻译，巨细无遗，最为稳当。但原文有原文的表达法，译文有译文的表达法，两种语言，并不完全贴合。

隋达摩笈多（印度僧人，590 年来华）译《金刚经》句："大比丘众。共半十三比丘百。"按梵文计数法，"十三比丘百"，意一千三百比丘，而"半"十三百，谓第十三之一百为半，应减去五十。

故而，唐玄奘将此句，按中文计数，谨译作"大苾刍众<u>千二百五十人俱</u>"。全都"案本"，因两国语言文化有异同，时有不符中文表达之处，须略加变通，以"求信"为上。达译、奘译之不同，乃案本、求信之别也。

严复言："求其信，已大难矣！信达而外，求其尔雅。"（1898）信达雅，成为诸多学人在二十世纪上半叶热衷探讨的课题。梁启超主递进说（1920）："先信然后求达，先达然后求雅。"林语堂持并列说（1933），认为"翻译的标准，第一是忠实标准，第二是通顺标准，第三是美的标准。这翻译的三层标准，与严氏的'译事三难'大体上是正相比符的"。艾思奇则尚主次说（1937）："'信'为最根本的基础，'达'和'雅'的对于'信'，是就像属性对于本质的关系一样。"

朱光潜则把翻译归根到底落实在"信"上（1944）："原文'达'而'雅'，译文不'达'不'雅'，那是不信；如果原文不'达'不'雅'，译文'达'而'雅'，过犹不及，那也是不'信'。""绝对的'信'只是一个理想。""大部分文学作品虽可翻译，译文也只能得原文的近似。"艾思奇着重于"信"，朱光潜唯取一"信"。

即使力主"求信"，根据翻译实际考察下来，只能得原文的"近似"。信从原文，浅表的字面迻译不难，字面背后的思想、感情、心理、习俗，声音、节奏，就不易传递。绝对的"信"简直不可能，只能退而求其次，趋近于"似"。

即以"似"而论，傅雷（1908—1966）提出："翻译应当像临画一样，所求的不在形似而在神似。"

如 Voltaire 句：J'ai vu trop de choses , je suis devenu philosophe. 此句直译：我见得太多了，<u>我成了哲学家</u>。——成了康德、黑格尔

那样的哲学家？显然不是伏尔泰的本意。

傅雷的译事主张，重神似不重形似，神贵于形，译作：我见得太多了，把一切都看得很淡。直译、傅译之不同，乃形似、神似之别也。

这样，翻译从"求信"，深化到"神似"。

事理事理，即事求理。就译事，求译理译道，亦顺理成章。原初的译作，都是照着原本翻，"案本而传"。原本里都是人言（信），他人之言。而他人之言，在原文里通顺，转成译文则未必。故应在人言里取足资取信的部分，唯求其"信"，而百分之百的"信"为不可能，只好退而求"似"。细分之下，"似"又有"形似""神似"之别。翻译思考，伴随翻译逐步推进，从浅入深，由表及里。翻译会永无止境，翻译思考亦不可限量。

当代的智者，钱锺书先生（1910—1998）在清华求学时代，就开始艺文思考，亦不忘翻译探索。早在1934年就撰有《论不隔》一文。谓"在翻译学里，'不隔'的正面就是'达'"。文中"讲艺术化的翻译（translation as an art）"。"好的翻译，我们读了如读原文"，"指跟原文的风度不隔"。"在原作与译文之间，不得障隔着烟雾"，译者"艺术的高下，全看他有无本领来拨云雾而见青天"。

钱先生在写《论不隔》的开头处，"便记起王国维《人间词话》所谓'不隔'了"。"王氏所谓'语语都在目前，便是不隔'。"而"不隔"，就是"达"。钱氏此说，仿佛另起一题，总亦归旨于传统译论文论的范畴。

三十年后，钱先生在《林纾的翻译》（1963）里谈林纾及翻译，仍一以贯之，秉持自己的翻译理念，只是更加深入，别出新意。

早年说："好的翻译，我们读了如读原文。"《林纾的翻译》里则说："译本对原作应该忠实得以至于读起来不像译本，因为作品在原文里决不会读起来像经过翻译似的。"

早年说，好的翻译"跟原文的风度不隔"。《林纾的翻译》则以"三个距离"申说"不隔"："一国文字和另一国文字之间必然有距离，译者的理解和文风跟原作品的内容和形式之间也不会没有距离，而且译者的体会和他自己的表达能力之间还时常有距离。"

早年讲，"艺术化的翻译"，《管锥编》称"译艺"。在论及刘勰《文心雕龙》"论说""谐隐"篇时，谓：齐梁之间，"小说渐以附庸蔚为大国，译艺亦复傍户而自有专门"。意指鸠摩罗什（344—413）时代，译艺已独立门户。

钱先生早年的"不隔"说，到后期发展为"化境"说；"不隔"是一种状态，"化境"则是一种境界。《林纾的翻译》提出："文学翻译的最高标准是'化'。把作品从一国文字转变成另一国文字，既能不因语文习惯的差异而露出生硬牵强的痕迹，又能完全保存原有的风味，那就算得入于'化境'。"钱先生同时指出："彻底和全部的'化'是不可实现的理想。"

《荀子·正名》篇言："状变而实无别而为异者，谓之化。"——即状虽变，而实不别为异，则谓之化。化者，改旧形之名也。钱先生说法试简括为：作品从一国文字变成另一国文字，既不生硬牵强，又能保存原有风味，就算入于"化境"；这种翻译是原作的投胎转世，躯壳换了一个，精神姿致依然故我。

钱先生在《管锥编》（1979）一书中，广涉西方翻译理论，尤其对我国传统译论的考辨中，论及译艺能发前人之所未发。比如东晋道安（314—385）认为"梵语尽倒，而使从秦"，便是"失［原］本"；要求译经"案梵文书，惟有言倒时从顺耳"。按"梵语尽倒"，指梵文语序与汉语不同。梵文动词置宾语后，例如"经唵"，汉语则须言倒从顺，正之为"唫经"。"梵语尽倒"最著名的译例，大家都知道，可能没想到。就是佛经的第一句话，"如是我闻"；按中文语序，应为"我闻如是"，我闻如来佛如是说。早期译经照原文直译，后世约定俗成，这句子沿袭了下来。钱先生据以辩驳归正："故知'本'有非'失'不可者，此'本'不'失'，便不成翻译。"从"改倒"这一具体译例，推衍出普遍性的结论，化"术"为"道"，可谓点铁成金。各种语言各有无法替代的特点，一经翻译，语音、句式、修辞，都失其原有形式，硬要拘守勿失，便只能原地踏步，滞留于出发语言。"不失本，便不成翻译"，是钱先生的一句名言。

又，钱先生读支谦《法句经序》（229），独具慧眼，从信言不美，实宜径达，其辞不雅，点明："严复译《天演论》弁例所标，'译事三难：信、达、雅'，三字皆已见此。"指出："译事之信，当包达、雅。"继而论及三者关系："译文达而不信者有之矣，未有不达而能信者也。""信之必得意忘言，则解人难索。"

试举一例，见《谈艺录》五四一页，拜伦（Byron）致其情妇（Teresa Guiccioli）书，曰：

Everything is the same, but you are not here, and I still am. In separation the one who goes away suffers less than the one who stays behind.

钱译：<u>此间百凡如故，我仍留而君已去耳。行行生别离，去者不如留者神伤之甚也。</u>

此译可谓"得意而忘言"，得原文之意，而罔顾原文语言之形者也：实师其意而造其语。钱先生在《管锥编》一二页里说："到岸舍筏、见月忽指、获鱼兔而弃筌蹄，胥得意忘言之谓也。""到岸舍筏"，典出《筏喻经》；佛有筏喻，言达岸则舍筏。有人"从此岸到彼岸，结筏乘之而度，至岸讫。作此念：此筏益我，不可舍此，当担戴去。于意云何？为筏有何益？比丘曰：无益。"

"信之必得意忘言"，为钱公一重要翻译主张，也是臻于化境之一法。"化境"说或会觉得玄虚不可捉摸，而得意忘言，则易于把握，便于衡量，极具实践意义。

信从原本，必当得意忘言，即以得原文之意为主，而忘其语言形式。《庄子·外物》篇有言："言者所以在意，得意而忘言。"故"化境"说，本质上不离中华美学精神，甚至可视案本——求信——神似——化境为由低向高、一脉相承的演进轨迹，而"化境"说则构成传统译论发展的逻辑终点。

"外国文学名著名译化境文库"，第一辑拟推出译自法、德、英、俄等语的十种译本，不失为傅雷辈及其之后两代翻译家在探索译道途中所取得的厚实业绩，凸显出中国译林的勃勃生机。这些译作无疑具有一定的示范性，对推动中国文学翻译事业会产生积极作用。

罗新璋
2018年初

扫码关注
以经典启发日常

冰岛渔夫

产品经理｜吴高林　　装帧设计｜王　易
产品监制｜曹　曼　　技术编辑｜陈　杰
责任印制｜刘　淼　　出 品 人｜路金波

图书在版编目（ＣＩＰ）数据

冰岛渔夫／（法）皮埃尔·洛蒂著；桂裕芳译． --
天津：天津人民出版社，2018.5
　　（外国文学名著名译化境文库）
　　ISBN 978-7-201-13327-0

　　Ⅰ．①冰… Ⅱ．①皮… ②桂… Ⅲ．①中篇小说一法
国一近代 Ⅳ．① I565.44

中国版本图书馆 CIP 数据核字（2018）第 082800 号

冰岛渔夫
BINGDAO YUFU

出　　版	天津人民出版社	
出 版 人	黄　沛	
地　　址	天津市和平区西康路35号康岳大厦	
邮 政 编 码	300051	
邮 购 电 话	022-23332469	
网　　址	http://www.tjrmcbs.com	
电 子 信 箱	tjrmcbs@126.com	

责 任 编 辑	张　璐
特 约 编 辑	杨　澜
产 品 经 理	吴高林
装 帧 设 计	王　易

制 版 印 刷	北京旭丰源印刷技术有限公司
经　　销	新华书店
发　　行	果麦文化传媒股份有限公司
开　　本	710×960毫米　1/16
印　　张	11
印　　数	1—8,000
字　　数	118千字
版 次 印 次	2018年5月第1版　 2018年5月第1次印刷
定　　价	58.00元